Edmund Rowland Gooneratne

Vimana-Vatthu of the Khuddhaka Nikaya Sutta pitaka

Edmund Rowland Gooneratne

Vimana-Vatthu of the Khuddhaka Nikaya Sutta pitaka

ISBN/EAN: 9783337385316

Printed in Europe, USA, Canada, Australia, Japan

Cover: Foto ©Andreas Hilbeck / pixelio.de

More available books at **www.hansebooks.com**

Pali Text Society.

THE

VIMĀNA-VATTHU

OF THE

KHUDDHAKA NIKAYA SUTTA PITAKA

EDITED BY

EDMUND ROWLAND GOONERATNE

MEMBER OF THE ROYAL ASIATIC SOCIETY (CEYLON BRANCH); MUDALIYAR OF HIS EXCELLENCY THE GOVERNOR'S GATE, AND ATAPATTU MUDALIYAR OF GALLE CEYLON; HON. SECRETARY IN CEYLON OF THE PALI TEXT SOCIETY; EDITOR OF THE TELA KATĀHA GĀTHĀ

London
PUBLISHED FOR THE PALI TEXT SOCIETY
BY HENRY FROUDE
OXFORD UNIVERSITY PRESS WAREHOUSE, AMEN CORNER, E.C.

To

HIS EXCELLENCY

THE HONOURABLE ARTHUR HAMILTON GORDON,

KNIGHT GRAND CROSS OF THE MOST DISTINGUISHED ORDER OF SAINT MICHAEL AND SAINT GEORGE, GOVERNOR AND COMMANDER-IN-CHIEF OF THE ISLAND OF CEYLON WITH THE DEPENDENCIES THEREOF,

WHOSE DEEP INTEREST IN ALL THAT CONCERNS THEIR WELFARE, HAS ENDEARED HIM TO THE NATIVES OF THIS ISLAND,

THIS WORK IS RESPECTFULLY

Dedicated

BY HIS DEVOTED SERVANT,

THE EDITOR.

GALLE, 3rd May, 1886.

INTRODUCTION.

THE Vimāna-vatthu is a work that describes the splendour of the various celestial abodes belonging to the Dewas, who became their fortunate owners in accordance with the degree of merit they had each performed, and who there spent their time in supreme bliss.

These Vimānas are graphically described in this little work as column-supported palaces that could be moved at the will of their owner. A Dewa could visit the earth in these, and we read of their so descending on occasions when they were summoned by the Buddha.

The lives of the Dewas in these vimānas or palaces were limited, and depended on the merits resulting from their good acts. From all that we read of them we can well infer that these habitations were the centres of supreme felicity. It is doubtless with much forethought that peculiar stress is laid, in our work, on the description of those vimānas, in order to induce listeners to lead good and unblemished lives, to be pure in their acts, and to be zealous in the performance of their religious duties.

Stories from the Vimāna-vatthu are not unfrequently referred to in later doctrinal works, when a viruous career in life is illustrated. Thus Maṭṭakuṇḍali and Sirimā Vimāna are referred to in the Dhammapada Atthakathā; Citta, Guttila, and Rewati are quoted in the Sutta Saṅgaha.

This treatise is the sixth book in the Khuddaka Nikāya of the Sutta Piṭaka, and I cannot furnish my readers with a fuller or better description of it than that given in the

Paramattha Dipani, the Commentary * on this and three other books. I quote it verbatim.

Mahākāruṇikaṃ nāthaṃ ñeyya-sāgara-pāraguṃ 1
Vande nipuṇa-gambhīraṃ vicitra-naya-desanaṃ
Vijjācaraṇasampanno yena niyanti lokato 2
Vande tam uttamaṃ dhammaṃ sammā-sambuddha-
pūjitaṃ
Sīlādiguṇasampanno ṭhito magga-phalesu yo 3
Vande ariya-saṃghaṃ taṃ puññakkhettaṃ anuttaraṃ
Vandanā-janitaṃ puññaṃ iti yaṃ ratanattaye 4
Hatantarāyo sabbattha hutvāhaṃ tassa tejasā
Devatāhi kataṃ puññaṃ yaṃ yaṃ purima-jātisu 5
Tassa tassa vimānādi-phala-sampatti-bhedako
Pucchāvasena yā tasaṃ vissajjana-vasena ca 6
Pavattā desanā kamma-phala-paccakkha-kāriṇī
Vimāna-vatthu iccevaṃ nāmena vasino puro 7
Yaṃ khuddaka-nikāyasmiṃ saṃgāyiṃsu mahesayo
Tassa sammāvalambitvā porāṇaṭṭhakathānayam 8
Tattha tattha nidānāni vibhāvento visesato
Suvisuddhaṃ asaṅkiṇṇaṃ nipuṇattha-vinicchayaṃ 9
Mahāvihāra-vāsinaṃ samayaṃ avilomayaṃ
Yathā-balaṃ karissāmi attha-saṃvaṇṇanaṃ subhaṃ 10
Sakkaccaṃ bhāsato tam me nisāmayatha sādhavo ti

Tattha vimānānīti visesa-vimānāni, devatānaṃ kiḷa-nivāsaṭṭhānāni. Tāni hi tāsaṃ sucaritakammānubhāva-nibbattāni ekayojanika-dviyojanikādi-pamāṇa-visesa-yuttat-tāya, nānā-ratana-samujjalāni vicitta-vaṇṇa-saṇṭhānāni sobhātisaa yogena-visesato pamāṇa-niyuttāya ca vimānā-nīti vuccanti.

Vimānānaṃ vatthu-kāraṇaṃ etissāti Vimāna-vatthu. Piṭhaṃ te sovaṇṇamayan ti ādinayappattā desanā.

Nidassana-mattaṃ c'etaṃ. Tāsaṃ devatānaṃ rūpa-

* When the great missionary Mahendra proceeded to Ceylon B.C. 307, he carried with him not only the three Pitakas, but the Aṭṭha-kathas, or commentaries—a whole literature, exegetical and historical—which had grown around the Tipitaka during the two centuries and a half that had elapsed since Gautama Buddha's death.—Childers, Pali Dic., Preface, pp. ix., x.

bhoga-parivārādi-sampattiyo taṃ nibbatta-kammañ ca nissāya imissā desanāya pavattattā vipāka-mukhena vā kammantara-vimānassa kāraṇa-bhāvato Vimānavatthun ti veditabbam. Tayidaṃ kena bhāsitaṃ kasmā bhāsitan ti vuccate. Idaṃ hi vimānā-vatthuṃ duvidhena pavattaṃ pucchā-vasena ca vissajjana-vasena ca. Tattha vissajjana-gāthā tāhi tāhi devatāhi bhāsitā, pucchā-gāthā pana kāci bhagavatā bhāsitā kāci Sakkādihi kāci sāvakehi therehi. Tattha hi yebhuyyena yo so kappānaṃ satasahassādhikaṃ ekaṃ asaṃkheyyaṃ buddhassa bhagavato aggasāvaka-bhāvāya puñña-ñāṇa-sambhāre sambharanto anukkamena sāvaka-pāramīyo pūretvā chaḷābhiññā-catupaṭisambhidādi-guṇa-visesa-parivārassa sakalassa sāvaka-pāramī-ñāṇassa matthakaṃ patto dutiya-aggasāvakaṭṭhāne ṭhito iddhimantesu ca bhagavatā etadagge ṭhapito āyasmā mahā Moggallāno, tena bhāsitā. Bhāsantena ca paṭhamaṃ tāva loka-hitāya deva-cārikaṃ carantena deva-loke devatānaṃ pucchana-vasena puna tato manussa-lokaṃ āgantvā manussānaṃ puñña-phalassa paccakkha-karaṇatthaṃ pucchā-vissajjanañ ca ekajjhaṃ katvā bhagavato pavedetvā bhikkhūnaṃ bhāsitā. Sakkena pucchā-vasena devatāhi tassa vissajjana-vasena bhāsitāpi Mahāmoggallāna-therassa bhasitā eva. Evam bhagavatā therehi devatāhi ca pucchā-vasena devatāhi vissajjana-vasena tattha tattha bhāsitā pacchā dhamma-vinayaṃ saṃgāyantehi dhamma-saṃgāhakehi ekato katvā Vimāna-vatthuṃ icc-evaṃ saṃgahaṃ āropitā. Ayaṃ tāvettha kena bhāsitan ti ādīnaṃ padaṃ saṃkhepato ca sādhāraṇato ca vissajjanā. Vitthārato pana kena bhāsitan ti padassa, Anomadassissa bhagavato pādamūle katapaṇidhānato paṭṭhāya mahā-therassa āgamanīya-paṭipadā kathetabbā. Sā pana āgamaṭṭhakathāsu tattha tattha vitthāritā ti tattha āgata-nayeneva veditabbā.

Asādhāraṇato kattha bhāsitan ti ādīnaṃ padānaṃ vissajjanā tassa tassa vimānassa atthavaṇṇanā-nayeneva āgamissati. Apare pana bhaṇanti eka-divasaṃ āyasmato Mahā-moggallānassa rahogatassa patisallīnassa evam cetaso parivitakko udapādi: 'Etarahi kho manussā asati pi vatthu-sampattiyaṃ khetta-sampattiyaṃ attano cittappasāda-sampattiyā tāni tāni puññāni katvā deva-loke nibbattā uḷāra-sampattiṃ paccanubhonti. Yannūnāhaṃ deva-cārikaṃ caranto ta devatā kāya-sakkhiṃ katvā tāhi yathūpacitaṃ puññaṃ yathādhigatañ ca puñña-phalaṃ kathāpetvā tam atthaṃ bhagavato āroceyyaṃ. Evameva satthā gaganatale puṇṇa-candaṃ uṭṭhāpento viya manussānaṃ kamma-phalaṃ paccakkhato dassento apākaṭānam pi kāraṇaṃ āyatana-gatāya saddhāya-vasena uḷāra-phalataṃ vibhāvento taṃ taṃ vimāna-vatthuṃ aṭṭhuppattiṃ katvā mahantaṃ dhamma-desanaṃ pavattissati. Sā hoti bahujanassa atthāya hitāya sukhāya devamanussānan' ti so āsanā uṭṭhahitvā ratta-duppaṭṭaṃ nivāsetvā aparaṃ ratta-duppaṭṭam ekaṃsaṃ katvā, samantato jati-hiṅgulika-dhārā vipphurito viya sañjhāppabhānu rañjito viya ca jaṅgamo añjanagirisikharo, bhagavantaṃ upasaṃkamitvā vanditvā ekamantaṃ nisinno attano adhippāyaṃ ārocetvā bhagavatā anuññāto uṭṭhāyāsanā bhagavantaṃ abhivādetvā padakkhiṇaṃ katvā abhiññā-pādakaṃ catutthajjhānaṃ samāpajjitvā tato uṭṭhāya iddhi-balena taṃ khaṇaṃ yeva Tāvatiṃsa-bhavanaṃ gantvā tattha tāhi tāhi devatāhi yathūpacitaṃ puñña-kammaṃ pucchi. Tassa devatā kathesuṃ. Tato manussa-lokaṃ āgantvā taṃ sabbaṃ tattha pavattita-niyāmen'eva bhagavato ārocesi. Taṃ samanuñño satthā ahosi. Iccetaṃ aṭṭhuppattiṃ katvā sampatta-parisāya vitthārena dhammaṃ desesīti.

Taṃ panetaṃ Vimāna-vatthuṃ Vinaya-piṭakaṃ Suttanta-piṭakaṃ Abhidamma-piṭakan ti tīsu piṭakesu Suttanta-piṭaka pariyāpannaṃ, Dīgha-nikāyo Majjhima-nikāyo Saṃyutta-nikāyo Aṅguttara-nikāyo Khuddaka-nikāyo ti pañcasu nikāyesu Khuddaka-nikāya pariyāpannaṃ, suttaṃ geyyaṃ veyyākaraṇaṃ gāthā udānaṃ itivuttakaṃ jātakaṃ abbhutadhammaṃ vedallan ti navasu sāsanaṅgesu gāthā-saṃgahaṃ.

'Dvāsīti buddhato ganhiṃ dve sahassāni bhikkhuto
Caturāsīti sahassāni ye me dhammā pavattino'

ti evaṃ dhamma-bhaṇḍāgārikena patiññātesu caturāsītiyā

dhammakkhandha-sahassesu katipaya-dhammakkhandha-saṃgahaṃ—

Vaggato pīṭha-vaggo cittalatā-vaggo
päricchattaka-vaggo mañjeṭṭhika-vaggo
mahāratha-vaggo pāyāsi-vaggo
sunikkhitta-vaggo ti satta-vaggo.

Vatthuto paṭhame vagge sattarasa vatthūni, dutiye ekādasa, tatiye dasa, catutthe dvādasa, pancame catuddasa, chaṭṭhe dasa, sattame ekādasāti antara-vimānānaṃ agahaṇe pañcāsīti, gahaṇe pana tevisasataṃ vatthūni. Gāthāto diaḍḍha-sahassaṃ gāthā. Tesu vaggesu pīṭhavaggo ādi, vatthūsu sovaṇṇa-pīṭha-vatthu ādi, tassa pīṭhan te sovaṇṇamayan ti gāthā ādi. Tattha paṭhama-vatthussāpi ayaṃ aṭṭhuppatti.

TRANSLATION.

I adore the compassionate Buddha, who has crossed the ocean of knowledge, and is skilled in the abstruse and profound Dharma, with its varied significations.

I adore the Word, instrumental in liberating from worldly pleasures (beings) endowed with knowledge and conduct, and venerated by the Supreme Buddha.

I adore the righteous Priesthood, full of piety and other virtues, who exercise the paths and the fruitions, who are unrivalled (in virtue) and are fields of merit.

Having freed myself from all impediments through the influence of merit resulting from my obeisance in the above manner to the three Gems, I compose as well as I can, and in conformity with the opinions of the priesthood of the Mahā Wihāra,* who are absolutely pure, and are sanguine and subtle in their decisions, a commentary on a work recited in ancient times by the great sages as the Vimānavatthu of the Khuddaka-nikāya, abiding by the sense of the

* Mahā Vihāra at Anurādhapura, built by King Dewānampiyatissa about B.C. 300. It was noted for the erudition of its priesthood.

old commentary (that existed), though entering into details in certain places.* The Vimāna-vatthu is a catechetical treatise of the merits of Dewas, who were blessed with abodes in accordance with the good acts that they performed in previous births.

Vimānas are the abodes of pleasure of the gods, and are so called as they have sprung up in accordance with the merits resulting from the amount of good deeds performed by them. They are of one and two yojanas in extent, are brilliant with gems, and being of variegated colours and forms are really worth seeing.

They are called vimānas as their size is particularized.

Being a narrative of the vimānas the book is called Vimāna-vatthu, and it commences with pīṭhan te sovaṇṇamayaṃ, &c.

This is a brief explanation of its contents. As the beauty, wealth, and retinue of the gods, and the good deeds of which they are the results, form the subject of this narrative, and it points out the effects of causes, and describes the vimānas that have sprung up in accordance with meritorious acts performed, it is called Vimāna-vatthu.

By whom was the Vimāna-vatthu propounded, where, when, and for what purpose? This Vimāna-vatthu consists of queries and replies. The replies were given by some of the dewas, some of the queries were put by the Lord Buddha, some by Sekra and others, and some by the Srāvaka-Theras.

The major part, however, of it was delivered by Mahā Moggallāna, who, for a period of one asankeyya and one hundred thousand kappas† in order to become one of the principal disciples of Buddha; and in due course having practised the perfections of a disciple, and acquiring the six supernatural faculties, and the four attainments

* It is plain from the above that there existed an older Commentary which was enlarged upon by the author, evidently the Great Aṭṭhakathā referred to by Prof. Oldenberg. Vin. P. Intr. xli.

† Childers, Pali Dic., p. 185. Kappo.

peculiar to the highest order of the Arahats,* and having attained to the acme of knowledge necessary for a chief Srávaka was selected as the second chief disciple of Buddha, who pronounced him as pre-eminent amongst those having supernatural powers.

The expounder (Moggallána) having first traversed the celestial abodes, and having inquired from the gods (to what particular merits they owe their births), descended to the world of men, and clearly described to them for their benefit by a series of questions and answers, the results of performing good deeds, submitted it to Buddha, and recited it to the priests.

The questions of Sekra and the replies of the gods given to him, have also been recited by Mahá Moggallána.

The questions of Buddha, the Theras and the Dewas, and the replies given to them by the Dewas on the various occasions, were collected by the Great Theras at the Recension of the Dhamma and Vinaya, and was recited as the Vimána-vatthu.

To the first query here "by whom was this recited, &c.?" the answer "by Moggallána" is brief and general, as for a full account of him, his history from the time that he made his first resolve (to aspire to the second discipleship) at the feet of the Buddha Anómadassi should be given. This history will be found in different places in the Commentaries of the religion, and may be gathered as narrated in them.†

To the query "where the stories were narrated, &c.?" the full answer is that they will be found in the description given of each celestial abode. Others‡ say, one day Moggallána who had privately retired for the purpose of

* Childers, Pali Dic., p. 366. Patisambhidá. Analytical sciences which form the four divisions of the supernatural knowledge of the Arhats.

† By others—the Commentators evidently means the priests of the Abhayagiri and Jetawana, who were the rivals of the Mahavira priests.

‡ Particulars of the history of Moggallána will be found in the Manorathapurani, Dhammapada Atthakatha and other Commentaries.

meditation thought thus: At the present day, though beings offer ill-gotten wealth to irreligious priests, they have been born in the celestial worlds purely out of faith in the deeds they have performed and enjoy untold felicity.* I shall proceed to the celestial abodes, and get the gods to repeat the good works they have performed, and the merits they enjoy as their results, and will inform the fact to Buddha who will found thereon an excellent discourse, by which, as clearly as the full moon in the firmament, he will take each of the celestial abodes as examples, and will illustrate to beings the fruit of their actions, and the great benefits that would accrue by the performance of even trivial righteous acts with faith in their eventual good results. He thought that that discourse will be advantageous and beneficial to many, and will be conducive of happiness to gods and men.

Rising from his seat, and putting on a red-coloured double garment, and covering himself with a red-coloured double robe, leaving one shoulder bare, like the flash of a torrent of real vermillion, and like a moving blue mountain, where all that is good is concentrated, he approached Buddha, and bowing him respectfully, stood on a side, and declared to him his intention, and obtaining his permission, arose from his seat and circumambulating him, attained the four stages of mystic meditation based on the six transcendent faculties, and in a moment by supernatural power proceeded to the Tawtisā heavens, and inquired from the various celestial beings the merits that they had gained by their good works. They related them to him. From thence returning to the world of men, he informed all the particulars as he gathered them to Buddha, and he was glad.

Buddha based this information in an exhaustive discourse to his listeners.

Of the Vinaya, Sutta, and Abhidamma pitakas, this Vimāna-vatthu belongs to the Sutta Piṭaka, and of the

* We have been obliged to be a little free with the translation here in order to convey the sense of the expressions.

Five Nikāyas, the Dīgha, Majjhima, Sanyutta, Aṅguttara and Khuddhaka, it belongs to the Khuddaka Nikāya.

Of the nine divisions of the Scriptures, the Sutta, Geyya, Veyyākarana, Gāthā, Udāna, Itivuttaka, Jātaka, Abbhuta-dhamma, Vedalla it belongs to the Gāthā.

Of the eighty-four thousand sections of the Scriptures which remain, eighty-two thousand were delivered by Buddha, and two thousand by the priesthood. This work is included in several of the eighty-four thousand sections of the Scriptures, as is stated by the treasurer of the Dhamma (Ānanda).

It has seven vaggas or chapters.

Pīṭha vagga, Cittalatā vagga, Pāricchattaka vagga, Manjiṭṭhaka vagga, Mahāratha vagga, Pāyāsi vagga, Sunikkhitta vagga.

In the

1st	chapter	there are	17	stories.
2nd	,,	,,	11	,,
3rd	,,	,,	10	,,
4th	,,	,,	12	,,
5th	,,	,,	14	,,
6th	,,	,,	10	,,
7th	,,	,,	11	,,
			85	

When the other stories are taken into account there will be 123 stories. Of the chapters Pīṭha vagga is the first, and of the stories Sovaṇṇapīṭhavatthu, of which the verse Pīṭhan te sovaṇṇamayaṇ is the first.

This Commentary is called the "Paramattha Dīpanī." It is a lucid exposition of the text, and explains at length some of its terms. It was composed by a Thera named Dhammapāla, evidently a member of the Mahā Wihāra sect, as he states in the Introduction that he composed it "agreeably to their views." Though the date is not given, I think we may fairly infer from the style of the work that it was shortly after Buddhaghosa's compilations (A.D. 412). As usual, the author simply gives his name, but not the date of the work.

The Commentaries are indispensable for the elucidation of the text, and are held in high estimation as throwing light on much that would otherwise be unintelligible.*

There is also an exegesis in Siṇhalese to the Vimānavatthu, composed by Ratnapāla Sthavira in A.D. 1769.

This was about the time that the priesthood versed in the Pāli was extinct, and that recourse was had to Siṇhalese translations for preaching to and educating the people. About this time compilations such as the Saddhammālaṅkāra, Ratanāwaliya and Pūjawaliya were made. The author gives a brief history of the circumstances which led him to translate the work and his pupilage, &c., as follows:—

Saṃgha rāja swāmīn wahansēge sishya wū paṇḍita hrudayā nanda karawū uposhathārāmayehi nāyaka dhurandharayehi pihiṭā hirumaṇḍalase dasadiga patala kirti sri ęti Dharmarakshita sthavirayan wahansēgē sishya wū—Mātula nam danaw wehi Asgiri kōraḷaya bada Wagguli lena samīpayehi wū Gammulla nam piyasa gruhapati wadaṅtbhūta wū—chandas, vyākaraṇa, nighaṇḍu, gaṇitadi noyek sęstrayehi nipuṇawū—Ratnapāla sthavirayan wahansē wisin—mahā raja tuman wisin dena siwpasaya wa landamin Pushpārāma wihārayehi wasamin ṣardhā buddhi sampanna sāsanōdaya kāmī wū Galagedara Indajoti Terun wahansēgē ārādhanāwa piḷigena, matu ena dawasa pāḷi artha peralā baṇa kīmehi asamarthawū ṣardhāwanta satpurushayanṭa węḍa piṇisa grantha eksiya pan sattęwak adhika koṭa ęti aṭalos baṇawarakiṇhā sāradās sasiya pan sęttę wak granthayen hā ek laksha satalis nawa dās sasiyakak pamaṇa akshara saṃkhyā wak ęti—me elu

* Hardy's E. M. R., 171. For particulars as regards these Commentaries, I would refer the reader to the journal of the R. A. S., Ceylon Branch, No. 28, for 84, p. 237 and following pages.

wimāna wastu prakaraṇaya, srī suddha Saka rāja warushayen ekwā dahas sasiya de anū weni warshayehi dī koṭa nimawana ladī.

This Singhalese version of the Wimāna Wastu consisting of over 175 verses, 18 bāṇawaras, 4,675 granthas, and 1,496,000 letters, was completed in the year of King Saka, 1692, by Ratnapāla Sthavira—proficient in Prosody, Grammar, Botany, Mathematics, and various other sciences—born of the Gahapati race in the village Gasmulla, in the vicinity of Waggullena in the Asgiri Korale of the Mātula district, and pupil of the venerable Sangha rāja's pupil, Dhammarakkhita Sthavira, High Priest of the Uposatha Temple, whose virtues were resplendent in various parts as the rays of the sun, living at the Puspārāma Temple, and on the bounty of His Majesty, at the request of the faithful, wise, and zealous Thera Indajoti, of Galagedara, for the benefit of those religious and virtuous persons, unable to preach in Singhalese from Pāli.

There is hardly anything to be said as regards the style of the Vimāna Vatthu. Being a small treatise of questions and answers, it is in easy and intelligible language, which appears to be akin to the other text-books of the Khuddaka Nikāya.

I had to encounter great difficulties in securing a correct copy of the work. Not being a book that is often read or quoted, it had not undergone a recent revision, and the careless and perfunctory manner in which it had been handled by the copyists, who, as a rule, are ignorant of the language also, had altered the version so considerably, that but for the kind assistance that I derived from His Royal Highness, the Siamese Prince Bhānurangsi, who greatly obliged me by presenting me with a correct copy of the Text and Commentary in the Cambodian characters, I am doubtful whether I should have succeeded in editing this work. In the Ceylon copies several of the stories were omitted, the table of contents (udāna) at the end of each "vagga" was missing, and at the finale of each story the suffix "vaṇṇanā" was interpolated.

I am indebted to the undermentioned friends, who promptly secured me copies from the following temples:

Baddegama Sumaṅgala Sthavira	Kotte Temple.
Angahawatte Sthavīra...	Dewundara Temple.
Saddhatissa Sthavira	Ratgama Temple.
Subhūti Sthavira...	Ratmalāni Temple.
Surviyagoda Sthavira...	Malwatti Temple.
Bulatgama S. Tissa Sthavira ...	Pacemānagoda Temple.
T. B. Panabokke, Esq. (3 copies)	Pusalpiṭiya. Gallangolla. Kandy.
Hikkaduwe Sumangala (High Priest)	A Burmese version from the Colombo Oriental Library.

I have abstained from pointing out in this edition the discrepancies in the above works, as I made the Siamese version the original on which I based the edition, and had to alter and amend it in only a very few places, so that such an illustration would have been unnecessary, and perhaps perplexing.

In conclusion, I have to acknowledge in high terms the valuable assistance and advice rendered me by my tutor, Kodagoḍa Paññāsekhara Thera, as well as by Ganācharya Wimalasāra Tissa Thera, and Hikkaduwe Sumangala Mahā Nāyaka, and my unfeigned thanks to the Honourable Arthur Gordon our Ruler, for the kind permission granted me to dedicate the work to His Excellency.

E. R. GOONERATNE.

"Nḍedunuyana Estate," Kimbiya.

May 6, 1886.

TABLE OF CONTENTS.

PĪṬHA-VAGGO PAṬHAMŌ.

1. Bhāṇavāro.

CITTALATĀ-VAGGO DUTIYO.

PĀRICCHATTAKA-VAGGO TATIYO.

2. Bhāṇavāro.

MAÑJEṬṬHAKA-VAGGO CATUTTHO.

3. Bhāṇavāro.

MAHĀRATHA-VAGGO PAÑCAMO.

PÂYÂSI-VAGGO CHAṬṬHO.

4. Bhāṇavāro.

SUNIKKHITTA-VAGGO SATTAMO.

VIMĀNA-VATTHU

NAMO TASSA BHAGAVATO ARAHATO SAMMĀ SAMBUDDHASSA.

PĪṬHA-VAGGO PAṬHAMO.

1

Pīṭhan te sovaṇṇamayaṃ uḷāraṃ
Manojavaṃ gacchati yena kāmaṃ
Alaṅkate malyadhare suvatthe
Obhāsasi vijjur iv' abbhakūṭaṃ 1
Kena te tādiso vaṇṇo kena te idham ijjhati
Uppajjanti ca te bhogā ye keci manaso piyā 2
Pucchāmi taṃ devi mahānubhāve
Manussabhūtā kim akāsi puññaṃ
Kenāsi evaṃ jalitānubhāvā
Vaṇṇo ca te sabbadisā pabhāsatīti. 3
Sā devatā attamanā Moggallānena pucchitā
Pañhaṃ puṭṭhā viyākāsi yassa kammass' idaṃ phalaṃ 4
Ahaṃ manussesu manussabhūtā
Abbhāgatān' āsanakaṃ adāsiṃ
Abhivādayiṃ añjalikaṃ akāsiṃ
Yathānubhāvañ ca adāsi dānaṃ 5
Tena me tādiso vaṇṇo tena me idham ijjhati
Uppajjanti ca me bhogā ye keci manaso piyā 6
Akkhāmi te bhikkhu mahānubhāva
Manussabhūtā yam akāsi puññaṃ
Tenamhi evaṃ jalitānubhāvā
Vaṇṇo ca me sabbadisā pabhāsatīti 7

Pīṭha-vimānaṃ paṭhamaṃ.

2

Pīṭhan te veḷuriyamayaṃ ulāraṃ
Manojavaṃ gacchati yena kāmaṃ
Alaṅkate malyadhare suvatthe
Obhāsasi vijjurivabbhakūṭaṃ
Kena te tādiso vaṇṇo kena te idham ijjhati
Uppajjanti ca te bhogā ye keci manaso piyā
Pucchāmi taṃ devi mahānubhāve
Manussabhūtā kim akāsi puññaṃ
Kenāsi evaṃ jalitānubhāvā
Vaṇṇo ca te sabbadisā pabhāsatīti
Sā devatā attamanā Moggallānena pucchitā
Pañhaṃ puṭṭhā viyākāsi yassa kammass' idaṃ phalaṃ
Ahaṃ manussesu manussabhūtā
Abbhāgatān' āsanakaṃ adāsiṃ
Abhivādayiṃ añjalikaṃ akāsiṃ
Yathānubhāvañ ca adāsi dānaṃ
Tena me tādiso vaṇṇo tena me idham ijjhati
Uppajjanti ca me bhogā ye keci manaso piyā
Akkhāmi te bhikkhu mahānubhāva
Manussabhūtā yam akāsi puññaṃ
Tenamhi evaṃ jalitānubhāvā
Vaṇṇo ca me sabbadisā pabhāsatīti
Pīṭha-vimānaṃ dutiyaṃ

3

Pīṭhan te sovaṇṇamayaṃ uḷāram
Manojavaṃ gacchati yena kāmaṃ
Alaṅkate malyadhare suvatthe
Obhāsasī vijjurivabbhakūṭaṃ
Kena te tādiso vaṇṇo kena te idham ijjhati
Uppajjanti ca te bhogā ye keci manaso piyā
Pucchāmi taṃ devi mahānubhāve
Manussabhūtā kim akāsi puññaṃ
Kenāsi evaṃ jalitānubhāvā
Vaṇṇo ca te sabbadisā pabhasatīti
Sā devatā attamanā Moggallānena pucchita
Pañhaṃ puṭṭhā viyākāsi yassa kammass' idaṃ phalaṃ
Appassa kammassa phalaṃ mamedaṃ

Yenamhi evaṃ jalitānubhāvā
Ahaṃ manussesu manussabhūtā
Purimāya jātiyā manussaloke 5
Addasaṃ virajaṃ bhikkhuṃ vippasannam anāvilaṃ
Tassa adās' ahaṃ pīṭhaṃ pasannā sakehi pāṇihi 6
Tena me tādiso vaṇṇo tena me idham ijjhati
Uppajjanti ca me bhogā ye keci manaso piyā 7
Akkhāmi te bhikkhu mahānubhāva
Manussabhūtā yam akāsi puññaṃ
Tenamhi evaṃ jālitānubhāvā
Vaṇṇo ca me sabbadisā pabhāsatīti
Pīṭha-vimānam tatiyaṃ 8

4

Pīṭhan te veḷuriyamayaṃ uḷaraṃ
Manojavaṃ gacchati yena kāmaṃ
Alaṅkate malyadhare suvatthe
Obhāsasi vijjurivabbhakūṭam 1
Kena te tādiso vaṇṇo kena te idham ijjhati
Uppajjanti ca te bhogā ye keci manaso piyā 2
Pucchāmi taṃ devi mahānubhāve
Manussabhūtā kim akāsi puññaṃ
Kenāsi evaṃ jalitānubhāvā
Vaṇṇo ca te sabbadisā pabhāsatīti 3
Sā devatā attamanā Moggallānena pucchitā
Pañhaṃ puṭṭhā viyākāsi yassa kammassidaṃ phalaṃ 4
Appassa kammassa phalaṃ mamodaṃ
Yenambi evaṃ jalitānubhāvā
Ahaṃ manussesu manussabhūtā
Purimāya jātiyā manussaloke 5
Addasaṃ virajaṃ bhikkhuṃ vippasannam anāvilaṃ
Tassa adās' ahaṃ pīṭhaṃ pasannā sakehi pāṇihi 6
Tena me tādiso vaṇṇo tena me idham ijjhati
Uppajjanti ca me bhogā ye keci manaso piyā 7
Akkhāmi taṃ bhikkhu mahānubhāva
Manussabhūtā yaṃ ahaṃ akāsiṃ
Tenamhi evaṃ jalitānubhāvā
Vaṇṇo ca me sabbadisā pabhāsatīti 8
Pīṭha-vimānaṃ catutthaṃ

5

Kuñjaro te varāroho nānāratanakappano
Ruciro thāmavā javasampanno ākāsamhi samīhati 1
Padumī padmapattakkhī padmuppalajutindharo
Padmacuṇṇābhikiṇṇaṅgo sovaṇṇapokkharamālavā 2
Padumānusataṃ maggaṃ padmapattavibhūsitaṃ
Ṭhitaṃ vaggum anugghāti mitaṃ gacchati vāraṇo 3
Tassa pakkamamānassa sovaṇṇakaṃ sāratissarā
Tesaṃ suyyati nigghoso turiye pañcaṅgiko yathā 4
Tassa nāgassa khandhamhi sucivatthā alaṅkatā
Mahantaṃ accharāsaṃghaṃ vaṇṇena atirocasi 5
Dānassa te idaṃ phalaṃ atho sīlassa vā pana
Atho añjalikammassa tam me akkhāhi pucchitā 6
Sā devatā attamanā Moggallānena pucchitā
Pañhaṃ puṭṭhā viyākāsi yassa kamass' idaṃ phalaṃ 7
Disvāna guṇasampannaṃ jhāyiṃ jhānarataṃ sataṃ
Adāsiṃ pupphābhikiṇṇaṃ āsanaṃ dussasanthataṃ 8
Uppaḍḍhapadumālāhaṃ āsanassa samantato
Abbhokirissam pattehi pasannā sakehi pāṇihi 9
Tassa kamma-kusalassa idam me tādisaṃ phalaṃ
Sakkāro garukāro ca devānaṃ apacitā ahaṃ 10
Yo ve sammā vimuttānaṃ santānaṃ brahmacāriṇaṃ
Pasanno āsanaṃ dajjā evaṃ nande yathā ahaṃ 11
Tasmā hi attakāmena mahattham abhikaṃkhatā
Āsanaṃ dātabbaṃ hoti sarīrantimadhāriṇan ti. 12

Kuñjara-vimānaṃ pañcamaṃ.

6

Suvaṇṇacchadanaṃ nāvaṃ nāri āruyha tiṭṭhasi
Ogāhasī pokkharaṇiṃ padmaṃ chindasi pāṇinā 1
Kūṭāgārā nivesā te vibhattā bhāgaso mitā
Daddallamānā ābhanti samantā caturo disā 2
Kena te tādiso vaṇṇo kena te idham ijjhati
Uppajjanti ca te bhogā ye keci manaso piyā 3
Pucchāmi taṃ devi mahānubhāve
Manussabhūtā kim akāsi puññaṃ
Kenāsi evaṃ jalitānubhāvā
Vaṇṇo ca te sabbadisā pabhāsatīti 4
Sā devatā attamanā Moggallānena pucchitā

Pañhaṃ puṭṭhā viyākāsi yassa kammass' idam phalaṃ 5
Aham manussesu manussabhūtā
Purimayā jātiyā manussaloke
Disvāna bhikkhū tasite kilante
Uṭṭhāya pātuṃ udakaṃ adāsiṃ 6
Yo ve kilantāna pipāsitānaṃ
Uṭṭhāya pātuṃ udakaṃ dadāti
Sītodakā tassa bhavanti najjo
Pahūtamalyā bahupuṇḍarīkā 7
Tam āpagā anupariyanti sabbadā
Sītodakā vālukasanthatā nadī
Ambā ca sālā tilakā ca jambuyo
Uddālakā pāṭaliyo ca phullā 8
Taṃ bhūmibhāgehi upetarūpaṃ
Vimānaseṭṭhaṃ bhusasobhamānaṃ
Tasseva kammassa ayaṃ vipāko
Etādisaṃ puññakatā labhanti 9
Kūṭāgārā nivesā me vibhattā bhāgaso mitā
Daddallamānā ābhanti samantā caturo disā 10
Tena me tādiso vaṇṇo tena me idhamijjhati
Uppajjanti ca me bhogā ye keci manaso piyā 11
Akkhāmi te bhikkhu mahānubhāva
Manussabhūtā yam akāsi puññaṃ
Tenamhi evaṃ jalitānubhāvā
Vaṇṇo ca me sabbadisā pabhāsatīti 12

Nāvā-vimānaṃ chaṭṭhaṃ

7.

Suvaṇṇacchadanaṃ nāvaṃ nāri āruyha tiṭṭhasi
Ogāhasi pokkharaṇiṃ padmaṃ chindasi pāṇinā 1
Kūṭāgārā nivesā te vibhattā bhāgaso mitā
Daddallamānā ābhanti samantā caturo disā 2
Kena te tādiso vaṇṇo kena te idham ijjhati
Uppajjanti ca te bhogā ye keci manaso piyā 3
Pucchāmi taṃ devi mahānubhāve
Manussabhūtā kim akāsi puññaṃ
Kenāsi evaṃ jalitānubhāvā
Vaṇṇo ca te sabbadisā pabhāsatīti 4
Sa devatā attamanā Moggallānena pucchitā

Pañhaṃ puṭṭhā viyākāsi yassa kammass' idam phalaṃ 5
Ahaṃ manussesu manussabhūtā
Purimāya jātiyā manussaloke
Disvāna bhikkhuṃ tasitaṃ kilantaṃ
Uṭṭhāya pātuṃ udakaṃ adāsiṃ 6
Yo ve kilantassa pipāsitassa
Uṭṭhāya pātuṃ udakaṃ dadāti
Sītodakā tassa bhavanti najjo
Pahūtamalyā bahupuṇḍarīkā 7
Taṃ āpagā anupariyanti sabbadā
Sītodakā vālukasanthatā nadī
Ambā ca sālā tilakā ca jambuyo
Uddālakā pāṭaliyo ca phullā 8
Taṃ bhūmibhāgehi upetarūpaṃ
Vimānaseṭṭhaṃ bhusasobhamānaṃ
Tasseva kammassa ayaṃ vipāko
Etādisaṃ puññakatā labhanti 9
Tena me tādiso vaṇṇo tena me idham ijjhati
Uppajjanti ca me bhogā ye keci manaso piyā 10
Akkhāmi te bhikkhu mahānubhāva
Manussabhūtā yam akāsi puññaṃ
Tenamhi evaṃ jalitānubhāvā
Vaṇṇo ca me sabbadisā pabhāsatīti 11

Nāvā-vimānaṃ sattamaṃ.

8

Suvaṇṇacchadanaṃ nāvaṃ nāri āruyha tiṭṭhasi
Ogāhasi pokkharaṇiṃ padmaṃ chindasi pāṇinā 1
Kūṭāgārā nivesā te vibhattā bhāgaso mitā
Daddallamānā ābhanti samantā caturo disā 2
Kena te tādiso vaṇṇo kena te idham ijjhati
Uppajjanti ca te bhogā ye keci manaso piyā 3
Pucchāmi taṃ devi mahānubhāve
Manussabhūtā kim akāsi puññaṃ
Kenāsi evaṃ jalitānubhāvā
Vaṇṇo ca te sabbadisā pabhāsatīti 4
Sā devatā attamanā sambuddhena va pucchitā
Pañhaṃ puṭṭhā viyākāsi yassa kammass' idam phalaṃ 5
Ahaṃ manussesu manussabhūtā

Parimāya jātiyā manussaloke
Disvāna bhikkhū tasito kilante
Uṭṭhāya pātuṃ udakaṃ adāsiṃ 6
Yo ve kilantāna pipāsitānaṃ
Uṭṭhāya pātuṃ udakaṃ dadāti
Sītodakā tassa bhavanti najjo
Pahūtamalyā bahupuṇḍarīkā 7
Taṃ āpagā anupariyanti sabbadā
Sītodakā vālukasanthatā nadī
Ambā ca sālā tilakā ca jambuyo
Uddālakā pāṭaliyo ca phullā 8
Taṃ bhūmibhāgehi upetarūpaṃ
Vimānaseṭṭhaṃ bhusasobhamānaṃ
Tasseva kammassa ayaṃ vipāko
Etādisaṃ puññakatā labhanti 9
Kūṭāgārā nivesā me vibhattā bhāgaso mitā
Daddallamānā ābhanti samantā caturo disā 10
Tena me tādiso vaṇṇo tena me idha mijjhati
Uppajjanti ca me bhogā ye keci manaso piyā 11
Tenamhi evaṃ jalitānubhāvā
Vaṇṇo ca me sabbadisā pabhāsatīti
Etassa kammassa ayaṃ vipāko
Uṭṭhāya buddho udakaṃ apāsīti 12

Nāvā-vimānaṃ aṭṭhamaṃ.

9

Abhikkantena vaṇṇena yā tvaṃ tiṭṭhasi devate
Obhāsentī disā sabbā osadhī viya tārakā 1
Kena te tādiso vaṇṇo kena te idha mijjhati
Uppajjanti ca te bhogā ye keci manaso piyā 2
Kena tvaṃ vimalobhāsā atirocasi devatā
Kena te sabbagattehi sabbā obhāsare disā 3
Pucchāmi taṃ devi mahānubhāve
Manussabhūtā kim akāsi puññaṃ
Kenāsi evaṃ jalitānubhāvā
Vaṇṇo ca te sabbadisā pabhāsatī ti 4
Sā devatā attamanā Moggallānena pucchitā
Pañhaṃ puṭṭhā viyākāsi yassa kammass' idaṃ phalaṃ 5
Ahaṃ manussesu manussabhūtā

Purimāya jātiyā manussaloke
Tamandhakārambhi timisikāyaṃ
Padīpa-kālambhi adaṃ padīpaṃ 6
Yo andhakārambhi timisikāyaṃ
Padīpakālambhi dadati dīpaṃ
Uppajjati jotirasaṃ vimānaṃ
Pahūtamalyaṃ bahupuṇḍarikaṃ 7
Tena me tādiso vaṇṇo tena me idha mijjhati
Uppajjanti ca me bhogā ye keci manaso piyā 8
Tenāhaṃ vimalobhāsā atirocāmi devatā
Tena me sabbagattehi sabbā obhāsare disā 9
Akkhāmi te bhikkhu mahānubhāva
Manussabhūtā yaṃ akāsi puññaṃ
Tenamhi evaṃ jalitānubhāvā
Vaṇṇo ca me sabbadisā pabhāsatīti 10
Padīpa-vimānaṃ navamaṃ.

10

Abhikkantena vaṇṇena yā tvaṃ tiṭṭhasi devate
Obhāsentī disā sabbā osadhī viya tārakā 1
Kena te tādiso vaṇṇo kena te idha mijjhati
Uppajjanti ca te bhogā ye keci manaso piyā 2
Pucchāmi taṃ devi mahānubhāve
Manussabhūtā kim akāsi puññaṃ
Kenāsi evaṃ jalitānubhāvā
Vaṇṇo ca te sabbadisā pabhāsatīti 3
Sa devatā attamanā Moggallānena pucchitā
Pañhaṃ puṭṭhā viyākāsi yassa kammass' idaṃ phalaṃ 4
Ahaṃ manussesu manussabhūtā
Purimāya jātiyā manussaloke
Addasaṃ virajaṃ buddhaṃ vippasannam anāvilaṃ 5
Āsajja dānaṃ adāsiṃ akāmā tiladakkhiṇaṃ
Dakkhiṇeyyassa buddhassa pasannā sakehi pāṇihi 6
Tena me tādiso vaṇṇo tena me idham ijjhati
Uppajjanti ca me bhogā ye keci manaso piyā 7
Akkhāmi te bhikkhu mahānubhāva
Manussabhūtā yam akāsi puññaṃ
Tenambi evaṃ jalitānubhāvā

Vaṇṇo ca me sabbadisā pabhāsatī ti

Tiladakkhiṇa-vimānaṃ dasamaṃ.

11

Koñcā mayūrā diviyā ca haṃsā
Vaggussarā kokilā sampatanti
Pupphābhikiṇṇaṃ rammaṃ idaṃ vimānaṃ
Anekacittaṃ naranārisevitaṃ
Tatthacchasi devi mahānubhāve
Iddhī vikubbanti anekarūpā
Imā ca te accharāyo samantato
Naccanti gāyanti pamodayanti
Deviddhipattāsi mahānubhāve
Manussabhūtā kiṃ akāsi puññaṃ
Kenāsi evaṃ jalitānubhāvā
Vaṇṇo ca te sabbadisā pabhāsatīti
Sā devatā attamanā Moggallānena pucchitā
Pañhaṃ puṭṭhā viyākāsi yassa kammass' idaṃ
Ahaṃ manussesu manussabhūtā
Patibbatā anaññamanā ahosiṃ
Māta va puttaṃ anurakkhamānā
Kuddhā pi 'haṃ nappharusaṃ avocaṃ
Sacce ṭhitā mosavajjaṃ pahāya
Dāne ratā saṃgahitattabhāvā
Annañ ca panañ ca pasannacittā
Sakkacca dānaṃ vipulaṃ adāsiṃ
Tena me tādiso vaṇṇo tena me idha mijjhati
Uppajjanti ca me bhogā ye keci manaso piyā
Akkhāmi te bhikkhu mahānubhāva
Manussabhūta yam akāsi puññaṃ
Tenamhi evañjalitānubhāvā
Vaṇṇo ca me sabbadisā pabhāsatīti

Patibbatā-vimānaṃ ekadasamaṃ.

12

Veḷuriyathambhaṃ ruciraṃ pabhassaraṃ
Vimānam āruyha anekacittaṃ
Tatthacchasi devi mahānubhāve
Uccāvacā iddhivikubbamānā
Imā ca te accharāyo samantato

Naccanti gāyanti pamodayanti
Deviddhipattāsi mahānubhāve
Manussabhūtā kim akāsi puññaṃ
Kenāsi evaṃ jalitānubhāvā
Vaṇṇo ca te sabbadisā pabhāsatīti 2
Sā devatā attamanā Moggallānena pucchitā
Pañhaṃ puṭṭhā viyākāsi yassa kammass' idaṃ phalaṃ 3
Ahaṃ manussesu manussabhūtā
Upāsikā cakkhumato ahosiṃ
Pāṇātipātā viratā ahosiṃ
Loke adinnaṃ parivajjayissaṃ 4
Amajjapā nāpi musā abhāṇiṃ
Sakena sāminā ahosiṃ tuṭṭhā
Annañ ca pānañ ca pasannacittā
Sakkacca dānaṃ vipulaṃ adāsiṃ 5
Tena me tādiso vaṇṇo tena me idha mijjhati
Uppajjanti ca me bhogā ye keci manaso piyā 6
Akkhāmi te bhikkhu mahānubhāva
Manussabhūtā yam ahaṃ akāsiṃ
Tenamhi evaṃ jalitānubhāvā
Vaṇṇo ca me sabbadisā pabhāsatīti 7

Dutiya-patibbatā-vimānaṃ dvādasamaṃ.

13

Abhikkantena vaṇṇena yā tvaṃ tiṭṭhasi devate
Obhāsenti disā sabbā osadhī viya tarakā 1
Kena te tādiso vaṇṇo kena te idha mijjhati
Uppajjanti ca te bhogā ye keci manaso piyā 2
Pucchāmi taṃ devi mahānubhāve
Manussabhūtā kim akāsi puññaṃ
Kenāsi evaṃ jalitānubhāvā
Vaṇṇo ca te sabbadisā pabhāsatīti 3
Sā devatā attamanā Moggallanena pucchitā
Pañhaṃ puṭṭhā viyākāsi yassa kammass' idaṃ phalaṃ 4
Ahaṃ manussesu manussabhūtā
Suṇisā ahosiṃ sasurassa ghare
Addasaṃ virajaṃ bhikkhuṃ vippasannam anāvilaṃ 5
Tassa adāsi 'haṃ pūvaṃ pasannā sakehi pāṇihi
Bhāgaḍḍhabhāgaṃ datvāna modāmi Nandane vane 6

Tena me tādiso vaṇṇo tena me idha mijjhati
Uppajjanti ca me bhogā ye keci manaso piyā 7
Tenamhi evaṃ jalitānubhāvā
Vaṇṇo ca me sabbadisā pabhāsatīti . 8
Suṇisā-vimānaṃ terasamaṃ

14

Abhikkantena vaṇṇena yā tvaṃ tiṭṭhasi devate
Obhāsentī disā sabbā osadhī viya tārakā 1
Kena te tādiso vaṇṇo kena te idha mijjhati
Uppajjanti ca te bhogā ye keci manaso piyā 2
Pucchāmi taṃ devi mahānubhāve
Manussabhutā kim akāsi puññaṃ
Kenāsi evaṃ jalitānubhāvā
Vaṇṇo ca te sabbadisā pabhāsatīti 3
Sā devatā attamanā Moggallānena pucchitā
Pañhaṃ puṭṭhā viyākāsi yassa kammass' idaṃ phalaṃ 4
Ahaṃ manussesu manussabhūtā
Suṇisā ahosiṃ sasurassa gharo
Addasaṃ virajaṃ bhikkhuṃ vippasannaṃ anāvilaṃ 5
Tassa adāsi 'haṃ bhāgaṃ pasannā sakehi pāṇīhi
Kummāsapiṇḍaṃ datvāna modāmi Nandane vane 6
Tena me tādiso vaṇṇo tena me idham ijjhati
Uppajjanti ca me bhogā ye keci manaso piyā 7
Tenamhi evaṃjalitānubhāvā
Vaṇṇo ca me sabbadisā pabhāsatīti 8
Suṇisā-vimānaṃ cuddasamaṃ

15

Abhikkantena vaṇṇena yā tvaṃ tiṭṭhasi devate
Obhāsenti disā sabbā osadhī viya tārakā 1
Kena te tādiso vaṇṇo kena te idha mijjhati
Uppajjanti ca te bhogā ye keci manaso piyā 2
Pucchāmi taṃ devi mahānubhāve
Manussabhūtā kim akāsi puññaṃ
Kenāsi evaṃ jalitānubhāvā
Vaṇṇo ca te sabbadisā pabhāsatīti 3
Sā devatā attamanā Moggallānena pucchitā
Pañhaṃ puṭṭhā viyākāsi yassa kammass' idaṃ phalaṃ 4

Issā ca macchariyam atho paḷāso
Nāhosi mayhaṃ gharam āvasantiyā
Akkodhanā bhattu vasānuvattinī
Uposathe . . . niccappamattā 5
Cātuddasiṃ pañcadasiṃ yā ca pakkhassa aṭṭhamī
Pāṭihāriyapakkhañ ca aṭṭhaṅgasusamāgataṃ 6
Uposathaṃ upavasiṃ sadā sīlesu saṃvutā
Saññamā saṃvibhāgā ca vimānaṃ āvasām' ahaṃ 7
Pāṇātipātā viratā musāvādā ca saññatā
Theyyā ca aticārā ca majjapānā ca ārakā 8
Panca sikkhāpade ratā ariyasaccāna kovidā
Upāsikā cakkhumato Gotamassa yasassino 9
Sāhaṃ sakena sīlena yasasā ca yasassinī
Anubhomi sakaṃ puññaṃ sukhitā c'amhi anāmayā 10
Tena me tādiso vaṇṇo tena me idha mijjhati
Uppajjanti ca me bhogā ye keci manaso piyā 11
Akkhāmi te bhikkhu mahānubhāva
Manussabhūtā yam ahaṃ akāsiṃ
Tenamhi evaṃ jalitānubhāvā
Vaṇṇo ca me sabbadisā pabhāsatīti 12

Mama ca bhante vacanena Bhagavato pāde sirasā vandeyyāsi: 'Uttarā nāma bhante upāsikā Bhagavato pāde sirasā vandatīti'. Anacchariyaṃ kho panetaṃ bhante yaṃ maṃ bhagavā aññatarasmiṃ Sāmaññaphale vyākareyya. Taṃ Bhagavā sakadāgāmiphale vyākāsīti. 13

Uttarā-vimānam paṇṇarasamaṃ

16

Yuttā ca te parama-alaṅkatā hayā
Adhomukhā aghasi gamā balī javā
Abhinimmitā pañcarathā satā ca te
Anventi taṃ sārathicoditā hayā 1
Sā tiṭṭhasi rathavare alaṅkatā
Obhāsayaṃ jalam iva jotipāvako
Pucchāmi taṃ varatanu Anomadassane
Kasmā kāyā anadhivaraṃ upāgami 2
Kāmaggapattānaṃ yayāhu anuttarā

Nimmāya nimmāya ramanti devatā
Tasmā kāyā accharākāmavaṇṇanī
Idhāgatā anadhivaraṃ namassituṃ 3
Kiṃ tvaṃ pure sucaritam ācarī idha
Kenāsi tvaṃ amitayasā sukhedhitā
Iddhī ca te anadhivarā vihaṅgamā
Vaṇṇo ca te dasa disā virocati 4
Devehi tvaṃ parivutasakkatā c'asi
Kuto cutā sugatigatāsi devate
Kassa vā tvaṃ vacanakarānusāsani
Ācikkha me tvaṃ yadi buddhasāvikā 5
Nagantare nagaravare sumāpite
Paricārikā rājavarassa Sirimato
Nacce gīte paramasusikkhitā ahuṃ
Sirimā ti maṃ rājagaho avediṃsu 6
Buddho ca me isisanibho vināyako
Adesayi samudayadukkhaniccataṃ
Asaṃkhataṃ dukkhanirodhaṃ sassataṃ
Maggañ c'imaṃ akuṭilam añjasaṃ sivaṃ 7
Sutvānahaṃ amatapadaṃ asaṃkhataṃ
Tathāgatassa anadhivarassa sāsanaṃ
Silesvahaṃ paramasusaṃvutā ahuṃ
Dhamme ṭhitā naravarabuddhadesite 8
Ñatvāna taṃ virajaṃ padaṃ asaṃkhataṃ
Tathāgaten' anadhivarena desitaṃ
Tatthevahaṃ samathasamādhim āphusiṃ
Sā yeva me paramaniyāmatā ahu 9
Laddhānahaṃ amatavaraṃ visesanaṃ
Ekaṃsikā abhisamaye visesayi
Asaṃsayā bahujanapūjitā ahaṃ
Khiḍḍaṃ ratiṃ paccanubhom' anappakaṃ 10
Evaṃ ahaṃ amatadasamhi devatā
Tathāgatass' anadhivarassa sāvikā
Dhammaddasā paṭhamaphale patiṭṭhitā
Sotāpannā na ca pun' amatthi duggati 11
Sā vandituṃ anadhivaraṃ upāgamiṃ
Pāsādike kusalarate ca bhikkhavo
Namassituṃ samaṇasamāgamaṃ sivaṃ

Sagāravā sirimato dhammarājino 12
Disvā muniṃ muditamanam hi pīṇitā
Tathāgataṃ naravaradhammasārathiṃ
Taṇhacchidaṃ kusalarataṃ vināyakaṃ
Vandām' ahaṃ paramahitānukampakan ti 13

Sirimā-vimānaṃ soḷasamaṃ

17

Idaṃ vimānaṃ ruciraṃ pabhassaraṃ
Veḷuriyathambhaṃ satataṃ sunimmitaṃ
Suvaṇṇarukkhehi samantam otthataṃ
Ṭhānaṃ mama kammavipākasambhavaṃ 1
Tatrūpapannā purimaccharā imā
Sataṃ sahassāni sakena kammanā
Tuvaṃ si ajjhūpagatā yasassinī
Obhāsayaṃ tiṭṭhasi pubbadevatā 2
Sasī adhiggayha yathā virocati
Nakkhattarājāriva tārakāgaṇaṃ
Tatheva tvaṃ accharasaṃgaṇaṃ imaṃ
Daddallamānā yasasā virocasi 3
Kuto nu āgamma Anomadassane
Upapannā tvaṃ bhavanaṃ mamaṃ idaṃ
Brahmaṃ va devā tidasā sahindakā
Sabbena tappāmase dassanena tan ti 4
Yam etaṃ Sakka anupucchase mamaṃ
Kuto cutā idha āgatā tuvaṃ
Bārāṇasī nāma puratthi Kāsinaṃ
Tattha pure ahosiṃ kesakārikā 5
Buddhe ca dhamme ca pasannamānasā
Saṃghe ca ekantigatā asaṃsayā
Akhaṇḍasikkhāpadā āgatapphalā
Sambodhidhamme niyatā anāmayā ti 6
Tantyābhinandāmase svāgatañ ca te
Dhammena ca tvaṃ yasasā virocasi
Buddhe ca dhamme ca pasannamānase
Saṃghe ca ekantigate asaṃsaye
Akhaṇḍasikkhapade āgatapphale
Sambodhidhamme niyate anāmaye ti 7

Kesakāriya-vimānaṃ sattarasamaṃ

Uddānaṃ

Pañca pīṭhā, tayo nāvā, padīpa, tiladakkhinā
Dve pati, dve suṇisā, uttarā, sirimā, kesakārikā
Vaggo tena pavuccatīti

Itthi-vimāne paṭhamo vaggo.

CITTALATĀ-VAGGO DUTIYO.

18

Api Sakko va devindo ramme Cittalatāvane
Samantā anupariyāsi nariganapurakkhitā
Obhāsentī disā sabbā osadhī viya tārakā 1
Kena te tādiso vaṇṇo kena te idha mijjhati
Uppajjanti ca te bhogā ye keci manaso piyā 2
Pucchāmi taṃ devi mahānubhāve
Manussabhūtā kim akāsi puññaṃ
Kenāsi evaṃ jalitānubhāvā
Vaṇṇo ca te sabbadisā pabhāsatīti 3
Sā devatā attamanā Moggallānena pucchitā
Pañhaṃ puṭṭhā viyākāsi yassa kammass' idaṃ phalaṃ 4
Ahaṃ manussesu manussabhūtā
Dāsī ahosiṃ parapessiyā kule
Upāsikā cakkhumato Gotamassa yasassino 5
Tassā me nikkamo āsi sāsane tassa tādino
Kāmaṃ bhijjatu yaṃ kāyo neva atthettha santhanaṃ 6
Sikkhāpadānaṃ pañcannaṃ maggo sovatthiko sivo
Akaṇṭako agahaṇo uju sabbhi pavedito 7
Nikkamassa phalaṃ passa yathidaṃ pāpuṇitthikā
Āmantaṇikā raññomhi Sakkassa vasavattino 8
Saṭṭhi turiyasahassāni paṭibodhaṃ karonti me
Ālambo gaggamo bhīmo sādhuvādi pasaṃsiyo 9
Pokkharo ca suphasso ca vīṇā mokkhā ca nāriyo
Nandā c'eva Sunandā ca Soṇadinnā Sucimhikā 10
Alambusā Missakesī Puṇḍarīkāti dāruṇī
Enipassā Supassā ca Subhaddā Mudukāvadī 11
Etā aññā ca seyyāse accharānaṃ pabodhikā
Tā maṃ kālen' upāgantvā abhibhāsanti devatā 12
Handa naccāma gāyāma handa taṃ ramayāmase
Nayidaṃ akatapuññānaṃ katapuññāṇam ev' idaṃ 13
Asokaṃ nandanaṃ rammaṃ tidasānaṃ mahāvanaṃ

Sukhaṃ akatapuññānaṃ idha natthi parattha ca
Sukhañ ca katapuññānaṃ idha c'eva parattha ca 14
Tesaṃ sahavyakāmānaṃ katabbaṃ kusalaṃ bahuṃ
Katapuññā hi modanti sagge bhogasamaṅgino ti 15

Dāsī-vimānaṃ paṭhamaṃ

19

Abhikkantena vaṇṇena yā tvaṃ tiṭṭhasi devate
Obhāsentī disā sabbā osadhī viya tārakā 3
Kena te tādiso vaṇṇo . . . pe [14] . . . 4
Vaṇṇo ca te sabbadisā pabhāsatī ti 5
Sā devatā attamanā Moggallānena pucchitā
Pañhaṃ puṭṭhā viyākāsi yassa kammass' idaṃ phalaṃ 6
Kevaṭṭadvārā nikkhamma ahu mayhaṃ nivesanaṃ
Tattha saṃsaramānānaṃ sāvakānaṃ mahesinaṃ 7
Odanaṃ kummāsaṃ ḍākaṃ loṇasovīrakañ ca 'haṃ
Adāsiṃ ujubhūtesu vippasannena cetasā 8
Cātuddasiṃ pañcadasiṃ yā ca pakkhassa aṭṭhamī
Pāṭihāriyapakkhañ ca aṭṭhaṅgasusamāgataṃ 9
Uposathaṃ upavasiṃ sadā sīle susaṃvutā
Saññamā saṃvibhāgā ca vimānaṃ āvasām' ahaṃ 10
Pāṇātipātā viratā musāvādā ca saññatā
Theyyā ca aticārā ca majjapānā ca ārakā 11
Pañca sikkhāpade ratā ariyasaccāna kovidā
Upāsikā cakkhumato Gotamassa yasassino 12
Tena me tādiso vaṇṇo . . . pe . . . 13
Vaṇṇo ca me sabbadisā pabhāsatī ti 14

Mama ca bhante vacanena Bhagavato pāde sirasā vandeyyāsi: 'Lakhumā nāma bhante upāsikā Bhagavato pāde sirasā vandatīti.' Anacchariyaṃ kho panetaṃ bhante yaṃ maṃ bhagavā aññatarasmiṃ Sāmaññaphale vyākareyya. Taṃ Bhagavā sakadāgāmiphale vyākāsīti.

Lakhumā-vimānaṃ dutiyaṃ

20

Piṇḍāya te carantassa tuṇhībhūtassa tiṭṭhato
Daḷiddā kapaṇā nārī parāgāraṃ avassitā 1
Yā te adāsi ācāmaṃ pasannā sakehi pāṇihi
Sā hitvā mānusaṃ dehaṃ kaṃ nu sādisataṃ gatā ti 2

Piṇḍāya me carantassa tuṇhībhūtassa tiṭṭhato
Daḷiddā kapaṇā nārī parāgāraṃ avassitā 3
Yā me adāsi ācāmaṃ pasannā sakehi pāṇihi
Sā hitvā mānusaṃ dehaṃ vippamuttā ito cutā 4
Nimmānaratino nāma santi devā mahiddhikā
Tattha sā sukhitā nārī moditācāmadāyikā 5
Aho dānaṃ varā kiyā Kassape suppatiṭṭhitaṃ
Parābhūtena dānena ijjhittha vata dakkhiṇā 6
Yā mahesittaṃ kāreyya cakkavattissa rājino
Nārī sabbaṅgakalyāṇī bhattu c'anomadassikā
Etass' ācāmadānassa kalaṃ nāgghanti soḷasiṃ 7
Sataṃ nikkhā sataṃ assā sataṃ assatarī rathā
Sataṃ kaññāsahassāni āmuttamaṇikuṇḍalā
Etass' ācāmadānassa kalaṃ nāgghanti soḷasiṃ 8
Sataṃ hemavatā nāgā īsā dantā urūḷhavā
Suvaṇṇakacchā mātaṅgā hemakappanivāsasā
Etass' ācāmadānassa kalaṃ nāgghanti soḷasiṃ 9
Catunnaṃ mahādīpānaṃ issaraṃ yo dha kāraye
Etass' ācāmadānassa kalaṃ nāgghanti soḷasiṃ ti 10

Acāma-dāyikā vimānaṃ tatiyaṃ

21

Caṇḍāli vanda pādāni Gotamassa yasassino
Tam eva anukampāya aṭṭhāsi isisattamo 1
Abhippasādehi manaṃ arahantamhi tādini
Khippaṃ pañjalikā vanda parittaṃ tava jīvitaṃ ti 2
Coditā bhāvitattena sarīrantimadhāriṇā
Caṇḍālī vandi pādāni Gotamassa yasassino 3
Tam enaṃ avadhi gāvī caṇḍāliṃ pañjaliṃ ṭhitaṃ
Namassamānaṃ sambuddhaṃ andhakāre pabhaṃkaraṃ 4
Khīṇāsavaṃ vigatarajaṃ anejaṃ
Ekaṃ araññamhi raho nisinnaṃ
Deviddhipattā upasaṅkamitvā
Vandāma taṃ vīra mahānubhāva 5
Suvaṇṇavaṇṇā jalitā mahāyasā
Vimānaṃ oruyha anekacittā
Parivāritā accharāsaṅgaṇena
Kā tvaṃ subhe devate vandase mamaṃ 6
Ahaṃ bhadante caṇḍālī tayo vīrena pesitā

Vandiṃ arahato pāde Gotamassa yasassino 7
Sāhaṃ vanditvā pādāni cutā caṇḍālayoniyā
Vimānaṃ sabbaso bhaddaṃ upannamhi . . . nandane 8
Accharānaṃ sahassāni purakkhatvā maṃ tiṭṭhanti
Tāsāhaṃ pavarā seṭṭhā vaṇṇena yasasāyunā 10
Pahūtakatakalyāṇā sampajānā patissatā
Muniṃ kāruṇikaṃ loke bhante vanditum āgatā ti 11
Idaṃ vatvāna caṇḍālī kataññū katavedinī
Vanditvā arahato pāde tatthevantaradhāyatīti 12
Caṇḍāli-vimānaṃ catutthaṃ.

22

Nīlā pītā ca kāḷā ca mañjiṭṭhā atha lohitā
Uccāvacānaṃ vaṇṇānaṃ kiñjakkaparivāritā 1
Mandāravānaṃ pupphānaṃ mālaṃ dhāresi muddhani
Na 'me aññesu kāyesu rukkhā santi sumedhase 2
Kena kāyaṃ upapannā tāvatiṃsaṃ yasassini
Devate pucchitācikkha kissa kammassidaṃ phalaṃ 3
Bhadditthikā ti maṃ aññiṃsu Kimbilāyaṃ upāsikā
Saddhā sīlena sampannā saṃvibhāgaratā sadā 4
Acchādanaṃ ca bhattaṃ ca senāsanaṃ padīpiyaṃ
Adāsiṃ ujubhūtesu vippasannena cetasā 5
Cātuddasiṃ paṃcadasiṃ yāva pakkhassa aṭṭhamiṃ
Pāṭihāriyapakkhañ ca aṭṭhaṃgasusamāgataṃ 6
Uposathaṃ upavasiṃ sadā sīle susaṃvutā
Pāṇātipātā viratā musā vādā ca saññatā 7
Theyyā ca aticārā ca majjapānā ca ārakā
Pañca sikkhāpade ratā ariyasaccāna kovidā 8
Upāsikā cakkhumato appamādavihārinī
Katāvakāsā katakusalā tato cutā
Sayampabhā anuvicarāmi nandanaṃ 9
Bhikkhū c'ahaṃ paramahitānukampake
Abhojayiṃ tapassiyugaṃ mahāmuniṃ
Katāvakāsā katakusalā tato cutā
Sayaṃpabhā anuvicarāmi nandanaṃ 10
Aṭṭhaṅgikaṃ aparimitaṃ sukhāvahaṃ
Uposathaṃ sattataṃ upāvasiṃ ahaṃ
Katāvakāsā katakusalā tato cutā

Sayampabhā anuvicarāmi nandanan ti 11
Bhaddiṭṭhikā-vimānaṃ pañcamaṃ.

23

Abhikkantena vaṇṇena yā tvaṃ tiṭṭhasi devate
Obhāsenti disā sabbā osadhī viya tārakā 1
Kena te tādiso vaṇṇo kena te idha mijjhati
Uppajjanti ca te bhogā ye keci manaso piyā 2
Pucchāmi taṃ devi mahānubhāve
Manussabhūtā kiṃ akāsi puññaṃ
Kenāsi evaṃ jalitānubhāvā
Vaṇṇo ca te sabbadisā pabhāsatīti 3
Sā devatā attamanā Moggallanena pucchitā
Pañhaṃ puṭṭhā viyākāsi yassa kammassidaṃ phalaṃ 4
Sonadinnā ti maṃ aññinsu Nālandāyaṃ upāsikā
Saddhā sīlena sampannā saṃvibhāgaratā sadā 5
Acchādanañ ca bhattañ ca senāsanaṃ padīpiyaṃ
Adāsiṃ ujubhutesu vippasannena cetasā 6
Cātuddasiṃ pañcadasiṃ yā ca pakkhassa aṭṭhamiṃ
Patihāriyapakkhañ ca aṭṭhaṅgasusamāhitaṃ 7
Uposathaṃ upavasiṃ sadā sīle susaṃvutā
Paṇātipātā viratā musāvādā susaññatā 8
Theyyā ca aticārā ca majjapānā ca ārakā
Pañca sikkhāpade ratā ariyasaccāna kovidā
Upāsikā cakkhumato Gotamassa yassassino 9
Tena me tādiso vaṇṇo . . . pe . . .
Vaṇṇo ca me sabbadisā pabhāsatīti 10, 11
Sonadinnā-vimānaṃ chaṭṭhaṃ.

24

Abhikkantena vaṇṇena Yā tvaṃ tiṭṭhasi devate
Obhāsenti disā sabbā Osadhī viya tarakā 1
Kena te tā diso vaṇṇo . . . pe . . .
Vaṇṇo ca te sabbadisā pabhāsatīti 2, 3
Sā devatā attamanā . . . pe . . .
Yassa kammassidaṃ phalaṃ 4
Uposathā ti maṃ aññiṃsu Sāketāyaṃ upāsikā
Saddhā sīlena sampannā saṃvibhāgaratā sadā 5
Acchādanañ ca bhattañ ca senāsānam padīpiyaṃ
Adāsiṃ ujubhūtesu vippasannena cetasā 6

Cātuddasiṃ pañcadasiṃ yāva pakkhassa aṭṭhami
Pāṭihāriyapakkhañ ca aṭṭhaṅgasusamāgataṃ 7
Uposathaṃ upavasiṃ sadā sīle susaṃvutā
Pāṇātipātā viratā musāvādā ca saññatā 8
Theyyā ca aticārā ca majjapānā ca ārakā
Pañca sikkhāpado ratā ariyasaccāna kovidā
Upāsikā cakkhumato Gotamassa yasassino 9
Tena me tādiso vaṇṇo . . . pe . . .
Vaṇṇo ca me sabbadisā pabhāsatīti 10, 11
Abhikkhaṇaṃ nandanaṃ sutvā chando me upapajjatha
Tattha cittaṃ paṇidhāya upapannamhi nandanaṃ 12
Nākāsiṃ satthu vacanaṃ buddhass' ādiccabandhuno
Hīne cittaṃ paṇidhāya samhi pacchānutāpinī 13
Kīva ciraṃ vimānasmiṃ idha vassas uposathe'
Devate pucchitācikkha yadi jānāsi āyuno 14
Saṭṭhi vassasahassāni tisso ca vassakoṭiyo
Idha ṭhatvā mahāmuni ito cutā gamissāmi
Manussānaṃ sahavyatan ti 15
Mā tvaṃ Uposathe bhāyi sambuddhen' āsi vyākatā
Sotāpannā visesayi pahīnā tava duggatīti 16
Uposathā-vimānaṃ sattamaṃ.

25

Abhikkantena vaṇṇena yā tvaṃ tiṭṭhasi devate
Obhāsentī disā sabbā osadhī viya tārakā 1
Kena te tādiso vaṇṇo . . . pe . . .
Vaṇṇo ca te sabbadisā pabhāsatī ti 2, 3
Sā devatā attamanā . . . pe . . . yassa kammassidaṃ
phalaṃ 4
Suniddā ti maṃ aññiṃsu Rājagahasmiṃ upāsikā
Saddhā sīlena sampannā saṃvibhāgaratā sadā 5
Acchādanañ ca bhattañ ca senāsanaṃ padīpiyaṃ
Adāsiṃ ujubhūtesu vippasannena cetasā 6
Cātuddasiṃ pañcadasiṃ yā ca pakkhassa aṭṭhamī
Pāṭihāriyapakkhañ ca aṭṭhaṅgasusamāgataṃ 7
Uposathaṃ upavasiṃ sadā sīle susaṃvutā
Pāṇātipātā viratā musāvādā ca saññatā 8
Theyyā ca aticārā ca majjapānā ca ārakā
Pañca sikkhāpade ratā ariyasaccāna kovidā

Upāsikā cakkhumato Gotamassa yasassino 9
Tena me tādiso vaṇṇo . . . pe . . .
Vaṇṇo ca me sabbadisā pabhāsatīti 10, 11
Sumiddā-vimānaṃ aṭṭhamaṃ

26

Abhikkantena vaṇṇena yā tvaṃ tiṭṭhasi devate
Obhāsentī disā sabbā osadhī viya tārakā 1
Kena te tādiso vaṇṇo . . . pe . . .
Vaṇṇo ca te sabbadisā pabhāsatī ti 2, 3
Sā devatā attamanā . . . pe . . .
Yassa kammassidaṃ phalaṃ 4
Sudinnā ti maṃ aññimsu Rājagahasmiṃ upāsikā
Saddhā sīlena sampannā saṃvibhāgaratā sadā 5
Acchādanañ ca bhattañ ca senāsanaṃ padīpiyaṃ
Adāsiṃ ujubhūtesu vippasannena cetasā 6
Cātuddasiṃ pañcadasiṃ yā ca pakkhassa aṭṭhamī
Pāṭihāriyapakkhañ ca aṭṭhaṅgasusamāgataṃ 7
Uposathaṃ upavasiṃ sadā sīle susamvutā
Pāṇātipātā viratā musāvādā ca saññatā 8
Theyyā ca aticārā ca majjapānā ca ārakā
Pañca sikkhāpade ratā ariyasaccāna kovidā
Upāsikā cakkhumato Gotamassa yasassino 9
Tena me tā diso vaṇṇo . . . pe . . .
Vaṇṇo ca me sabbadisā pabhāsatīti 10, 11
Sudinnā-vimānaṃ navamaṃ

27

Abhikkantena vaṇṇena yā tvaṃ tiṭṭhasi devate
Obhāsentī disā sabbā osadhī viya tārakā 1
Kena te tādiso vaṇṇo . . . pe . . .
Vaṇṇo ca me sabbadisā pabhāsatīti 2, 3
Sā devatā attamanā . . . pe . . .
Yassa kammassidaṃ phalaṃ 4
Ahaṃ manussesu manussabhūtā
Purimāya jātiyā manussaloke
Addasaṃ virajaṃ buddhaṃ vippasannam anāvilaṃ . . 5
Tassa adāsahaṃ bhikkhaṃ pasannā sakehi pāṇihi 6
Tena me tādiso vaṇṇo . . . pe . . .

Vaṇṇo ca me sabbadisā pabhāsatīti 7, 8

Bhikkhā-dāyika-vimānaṃ dasamaṃ

28

Abhikkhantena vaṇṇena yā tvaṃ tiṭṭhasi devate
Obhāsentī disā sabbā osadhī viya tārakā 1
Kena te tādiso vaṇṇo . . . pe . . .
Vaṇṇo ca te sabbadisā pabhāsatīti 2, 3
Sā devatā attamanā . . . pe . . .
Yassa kammassidaṃ phalaṃ 4
Ahaṃ manussesu manussabhūtā
Purimāya jātiyā manussaloke 5
Addasaṃ virajaṃ bhikkhuṃ vippasannaṃ anāvilaṃ
Tassa adāsahaṃ bhikkhaṃ pasannā sakehi pāṇibhi 6
Tena me tādiso vaṇṇo . . . pe . . .
Vaṇṇo ca me sabbadisā pabhāsatīti 8

Dutiya-bhikkhā-dāyikā-vimānaṃ ekādasamaṃ

Uddānam

Dāsi ceva Lakhumā ca atha ācāma-dāyikā
Caṇḍālī Bhadditthikā c'eva Sonadinnā Uposathā
Niddā c'eva Sudinnā ca dve ca bhikkhāya-dāyikā
Vaggo tena pavuccatīti

Itthi-vimāne dutiyo vaggo

Bhāṇavāraṃ paṭhamaṃ

PĀRICHATTAKA-VAGGO TATIYO.

29

Uḷāro te yaso vaṇṇo sabbā obhāsate disā
Nāriyo naccanti gāyanti devaputtā alaṅkatā 1
Modanti parivārenti tava pujāya devate
Sovaṇṇāni vimānāni tavimāni sudassane 2
Tuvam pi issarā tesaṃ sabbakāmasamiddhinaṃ
Abhijātā mahantāsi devakāye pamodasi
Devate pucchitācikkha yassa kammassidaṃ phalan ti 3
Aham manussesu manussabhūtā
Dussīle kule suṇisā ahosiṃ 4
Assaddhesu kadariyesu saddhā sīlena sampannā
Piṇḍāya caramānassa apūvaṃ te adāsahaṃ 5
Tadāhaṃ sassuyācikkhiṃ samaṇo āgato idha
Tassa adās' ahaṃ pūvaṃ pasannā sakehi pāṇihi 6
Itissā sassu paribhāsi avinītā tuvaṃ vadhū
Na maṃ sampucchituṃ icchi samaṇassa dadām' ahaṃ 7
Tato me sassu kupitā pahāsi musalena maṃ
Kuṭaṅgañchi avadhi maṃ nāsakkhiṃ jīvitum ciraṃ 8
Sāhaṃ kāyassa bhedā ca vippamuttā tato cutā
Tāvatiṃsānaṃ devānaṃ upapannā sahavyataṃ 9
Tena me tādiso vaṇṇo . . . pe . . .
Vaṇṇo ca me sabbadisā pabhāsatīti 10, 11

Uḷāra-vimānaṃ paṭhamaṃ

30

Obhāsayitvā paṭhaviṃ sadevakaṃ
Atirocasi candimasuriyā viya
Siriyā ca vaṇṇena yasena tejasā
Brahmā va devī tidase sahindake 1
Pucchāmi tam uppalamāladhārini
Āveḷini kañcanasannibhattace
Alaṅkate uttamavatthadhārini
Kā tvaṃ subhe devate vandase mamaṃ 2

Kiṃ tvaṃ pure kammam akāsi attanā
Manussabhūtā purimāya jātiyā
Dānaṃ suciṇṇaṃ atha sīlasaññamaṃ
Kenūpapannā sugatiṃ yasassinī
Devate pucchitācikkha kissa kammassidam phalan ti 3
Idāni bhante ema meva gāme
Piṇḍāya amhākaṃ gharaṃ upāgami
Tato ucchu assa adāsiṃ khaṇḍikaṃ
Pasannacittā atulāya pītiyā 4
Sassū ca pacchā anuyuñjate mamaṃ
Kahannu ucchuṃ vadhuke avākari
Na chaḍḍitaṃ na ca khāditaṃ mayā
Santassa bhikkhussa sayaṃ adāsahaṃ 5
Tuyhaṃ idaṃ issariyam atho mamaṃ
Itissā sassu paribhāsate mamaṃ
Pīṭham gahetvā pahāraṃ adāsi me
Tato cutā kālakatamhi devatā 6
Tadeva kammaṃ kusalaṃ kataṃ mayā
Sukhañ ca kammam anubhomi attanā
Devehi saddhiṃ paricāriyāmahaṃ
Modāmahaṃ kāma guṇehi pañcahi 7
Tadeva kammaṃ kusalam kataṃ mayā
Sukhañ ca kammāṃ anubhomi attanā
Devindaguttā tidasehi rakkhitā
Samappitā kāmaguṇehi pañcahi 8
Etādisam puññaphalaṃ anappakaṃ
Mahāvipākā mama ucchudakkhiṇā
Devehi saddhiṃ paricāriyāmahaṃ
Modāmahaṃ kāma guṇehi pañcahi 9
Etādisam puññaphalaṃ anappakaṃ
Mahājutikā mama ucchudakkhiṇā
Devindaguttā tidasehi rakkhitā
Sahassanettoriva Nandane vane 10
Tuvañ ca bhante anukampakaṃ viduṃ
Upecca vandiṃ kusalañ ca pucchiya
Tato te ucchussa adāsiṃ khaṇḍikaṃ
Pasanna-cittā atulāya pītiyā ti 11

Ucchu-vimānaṃ dutiyaṃ

31

Pallaṅkaseṭṭhe maṇisoṇṇacitte
Pupphābhikiṇṇe sayane uḷāre
Tatthacchasi devi mahānubhāve
Uccāvacā iddhivikubbamānā
Imā ca te accharāyo samantato
Naccanti gāyanti pamodayanti
Deviddhipattāsi mahānubhāve
Manussabhūtā kiṃ akāsi puññaṃ
Kenāsi evam jalitānubhāvā
Vaṇṇo ca te sabbadisā pabhāsatīti
Ahaṃ manussesu manussabhūtā
Addhe kule suṇisā ahosiṃ
Akkodhanā bhattu vasānuvattinī
Appamattā uposathe
Manussabhūtā daharā apāvikā
Pasannacittā patim ābhirādhayiṃ
Divā ca ratto ca manāpacārinī
Ahaṃ pure sīlavatī ahosiṃ
Pāṇātipātā viratā acoriyā
Saṃsuddhakāyā sucibrahmacārinī
Amajjapānā ca musā abhāṇī
Sikkhāpadisu paripūrakāriṇī
Cātuddasiṃ pañcadasiṃ yāva pakkhassa aṭṭhamī
Pāṭihārikapakkhaṃ ca pasannamānasā ahaṃ
Aṭṭhaṅgupetaṃ anudhammacārinī
Uposathaṃ pītimanā upāvasiṃ
Imañ ca ariyaṃ aṭṭhaṅgavarehupetaṃ
Samādayitvā kusalaṃ sukhuddrayaṃ
Patimhi kalyāṇivasānuvattinī
Ahosiṃ pubbe sugatassa sāvikā
Etādisaṃ kusalaṃ jīvaloke
Kammaṃ karitvāna visesabhāginī
Kāyassa bhedā abhisamparāyaṃ
Deviddhipattā sugatimhi āgatā
Vimānapāsādavare manorame
Parivāritā accharā saṃgaṇena
Sayaṃpabhā devagaṇā ramanti maṃ

Dīghāyukim devavimānam āgatan ti 9
Pallaṅka-vimānaṃ tatiyaṃ

32

Latā ca sajjā pavarā ca devatā
Acchimutirājavarassa sirīmato
Sutā ca rañño Vessavaṇassa dhītā
Rājī mati dhammaguṇehi sobhitā 1
Pañcettha nāriyo agamaṃsu nhāyituṃ
Sītodakaṃ uppaliniṃ sivaṃ nadiṃ
Tā tattha nhāyitva ramitvā devatā
Naccitvā gāyitvā sutālataṃ bravi 2
Pucchāmi taṃ uppalamāladhāriṇī
Āveḷinī kañcanasannibhattaco
Pītarattāmbakkhi nabheva sobhaṇe
Dīghāyukī kena kato yaso tava 3
Kenāsi bhaddo patino piyatarā
Visiṭṭhakalyāṇitarassa rūpato
Padakkhiṇā naccagītavādite
Acikkha no tvaṃ naranāri pucchitā ti 4
Ahaṃ manussesu manussabhūtā
Uḷārabhoge kule suṇisā ahosiṃ
Akkodhanā bhattu vasānuvattinī
Appamattā uposathe 5
Manussabhūtā daharā apāvikā
Pasannacittā patim ābhirādhayiṃ
Sadevaraṃ sassuraṃ sadāsakaṃ
Abhirādhayiṃ tamhi kato yaso mama 6
Sāhaṃ tena kusalena kammunā
Catubbhi ṭhānesu visesam ajjhagā
Āyuñ ca vaṇṇañ ca sukhaṃ balañ ca
Khiḍḍaṃ ratiṃ paccanubhom' anappakaṃ 7
Sutaṃ nu taṃ bhāsati yaṃ ayaṃ Latā
Yaṃ no apucchimha akittayī no
Patino kirambhākaṃ visiṭṭhā nārinaṃ
Gati ca nesaṃ pavarā ca devatā 8
Patīsu dhammaṃ pacarāma sabbā
Patibbatā yatthābhavanti itthiyo
Patīsu dhammaṃ pacaritva sabbā

Lacchāma se bhāsati yāṃ ayaṃ Latā 9
Sīho yathā pabbatasānugocaro
Mahindharaṃ pabbatam āvasitvā
Pasayha gantvā itare catuppade
Khudde mige khādati maṃsabhojano 10
Tatheva saddhā idha ariyasāvikā
Bhattāram nissāya patiṃ anubbatā
Kodham vadhitvā anubhuyya maccheraṃ
Saggamhi sā modati dhammacārinī ti 11

Latā-vimānam catutthaṃ.

33

Sattatantim sumadhuraṃ rāmaneyyam avācayiṃ
Somaṃ raṅgamhi avheti saraṇaṃ me hohi kosiyā ti 1
Ahaṃ te saraṇaṃ homi aham ācariyapūjako
Na taṃ jahissati sisso sissam ācariya jessasīti 2
Abhikkantena vaṇṇena yā tvam tiṭṭhasi devate
Obhāsentī disā sabbā osadhī viya tarakā 3
Kena te tādiso vaṇṇo kena te idha mijjhati
Uppajjanti ca te bhogā ye keci manaso piyā 4
Pucchāmi taṃ deva māhanubhāve
Manussabhūtā kim akāsi puññaṃ
Kenāsi evaṃ jalitānubhāvā
Vaṇṇo ca te sabbadisā pabhāsatīti 5
Sā devatā attamanā Moggallānena pucchitā
Pañham puṭṭhā viyākāsi yassa kammassidaṃ phalaṃ 6
Vatthuttamadāyikā nārī
Pavarā hoti naresu nārīsu
Evaṃ piyarūpadāyikā manāpaṃ
Dibbaṃ sā labhate upecca ṭhānaṃ 7
Tassā me passa vimānaṃ
Accharā kāmavaṇṇinī 'ham asmi
Accharāsahassasāhaṃ pavarā
Passa puññassa vipākaṃ 8
Tena me tādiso vaṇṇo . . . pe . . .
Vaṇṇo ca me sabbadisā pabhāsatīti 9, 10

Itaraṃ catura-vimānaṃ yathā vattha-dāyika-vimānam tathā vitthāretabbam.

[Verses 3–10 to be repeated four times with the respective variations of (1) pupphuttama-dāyikā; (2) gandhuttama-dāyikā; (3) phaluttama-dāyikā; and (4) rasuttama-dāyikā, for vatthuttama-dāyikā.]

Abhikkantena vaṇṇena . . . pe [I. 3–5]
Vaṇṇo ca te sabbadisā pabhāsatīti 43–45
Sā devatā attamanā . . . pe [6] . . . yassa kammass' idaṃ
phalaṃ 46
Gandhapañcaṅgulikaṃ ahaṃ adāsiṃ
Kassapassa bhagavato thūpasmiṃ 47
Tassā me passa vimānaṃ
Accharā kāmavaṇṇinī 'hamasmi
Accharāsahassass' āhaṃ pavarā
Passa puññānaṃ vipākaṃ 48
Tena me tādiso vaṇṇo . . . po . . .
Vaṇṇo ca me sabba disā pabhāsatīti 49–50

Itaraṃ catura-vimānaṃ yathā gandha-pañcaṅgulikaṃ vimānaṃ tathā vitthāretabbaṃ.

[Verses 48–50 to be repeated five times with the following variations instead of verse 47.]

1. Bhikkhu cāhaṃ bhikkhuniyo ca
Addasāmi panthapaṭipaṇṇe
Tesāhaṃ dhammaṃ sutvāna
Ekūposathaṃ upavasissaṃ 54
2. Udake ṭhitā udakaṃ adāsiṃ
Bhikkhuno cittena vippasannena
3. Sassuñ cāhaṃ sassure ca
Caṇḍike kodhane ca pharuse ca 55
Anussuyyikā upaṭṭhāsiṃ
Appamattā sakena sīlena 56
4. Parakammakārī āsiṃ
Atthenā tanditā dāsī
Akkodhanā anatimānī
Saṃvibhāginī sakassa bhātassa 61
5. Khīrodanaṃ ahaṃ adāsiṃ
Bhikkhuno piṇḍāya carantasssa

Tesu pañca-visati-vimānaṃ yathā khīra-dāyikā-vimānaṃ tathā vitthāretabbaṃ

Abhikkantena vaṇṇena . . . pe . . .
Vaṇṇo ca te sabba disā pabhāsatīti
Sā devatā attamanā . . . pe . . .
Yassa kammassidaṃ phalaṃ 94

1. Phāṇitaṃ
2. Ucchukhaṇḍikaṃ
3. Timbarūsakaṃ
4. Kakkārikaṃ
5. Eḷālukāṃ
6. Valliphalaṃ
7. Phārusakaṃ
8. Hatthappatāpakaṃ
9. Sākamuṭṭhiṃ
10. Pupphakamuṭṭhiṃ
11. Mūlakaṃ
12. Nimbamuṭṭhiṃ
13. Ambakañjikaṃ
14. Doṇinimmujjanaṃ
15. Kāyabandhanaṃ
16. Aṃsavaṭṭakaṃ
17. Ayogapaṭṭaṃ
18. Vidhūpanaṃ
19. Tālavaṇṭhaṃ
20. Morahatthaṃ
21. Chattaṃ
22. Upāhanaṃ
23. Pūvaṃ
24. Modakaṃ
25. Sakkhaliṃ

ahaṃ adāsiṃ bhikkhuno piṇḍāya carantassa . . . pe . . . 75

Tassā me passa vimānaṃ
Accharā kāmavaṇṇinī 'ham asmi
Accharāsahassassa pavarā
Passa puññānaṃ vipākaṃ 188
Tena me tādiso vaṇṇo . . . pe [I. 6, 7]
Vaṇṇo ca me sabbadisā pabhāsatīti 189, 190

Svāgataṃ vata me ajja suppabhātaṃ suhuṭṭhitaṃ
Yaṃ addasaṃ devatāyo accharā kāmavaṇṇiniyo 191
Tāsāhaṃ dhammaṃ sutvāna kāhāmi kusalaṃ bahuṃ
Dānena samacariyāya saṃyamena damena ca
Sāhaṃ tattha gamissāmi yattha gantvā na socare ti 192

Guttila-vimānaṃ pañcamaṃ

34

Daddallamāno vaṇṇena yasasā ca yasassinī
Sabbe deve tāvatiṃse vaṇṇena atirocasi 1
Dassanaṃ nābhijānāmi idaṃ paṭhama-dassanaṃ
Kasmā kāyā nu āgamma nāmena bhāsase maman ti 2
Ahaṃ bhadde Subhaddāsiṃ pubbe mānusake bhave
Sahabhariyā ca te āsiṃ bhaginī ca kaniṭṭhikā 3
Sāhaṃ kāyassa bhedāya vippamuttā tato cutā
Nimmānaratī-devānaṃ upapannā sahavyatan ti 4
Pahūtakatakalyāṇā te deveyanti pāṇino
Yesaṃ tvaṃ kittayissasi Subhadde jātiṃ attano 5
Kathaṃ tvaṃ kena vaṇṇena kena vā anusāsitā
Kīdiseneva dānena subbatena yasassinī 6
Yasaṃ etādisaṃ pattā visesaṃ vipulam ajjhagā
Devate pucchitācikkha kissa kammassidaṃ phalaṃ 7
Aṭṭheva piṇḍapātāni yaṃ dānaṃ adadaṃ pure
Dakkhiṇeyyassa saṃghassa pasannā sakehi pāṇihi 8
Tena me tādiso vaṇṇo . . . pe ⌊I. 5, 7⌋
Vaṇṇo ca me sabba disā pabhāsatīti 9, 10
Ahaṃ tayā bahutare bhikkhū saññate brahmacārino
Tappesiṃ annapānena pasannā sakehi pāṇihi 11
Tayā bahutaraṃ datvā hīnakāyūpagā ahaṃ
Kathaṃ tvaṃ appataraṃ datvā visesaṃ vipulam ajjhagā
Devate pucchitācikkha kissa kammassidaṃ phalaṃ 12
Manobhāvaniyo bhikkhu sandiṭṭho me pure ahu
Tāhaṃ bhattena nimantesiṃ Revataṃ attanaṭṭhamaṃ 13
So me attha purekkhāro anukampāya Revato
Saṃghe dehīti maṃ avoca tassāhaṃ vacanaṃ kariṃ 14
Sā dakkhiṇā saṃghagatā appameyyā patiṭṭhitā
Puggalesu tayā dinnaṃ na taṃ tava mahapphalan ti 15
Idānevāhaṃ jānāmi saṃghe dinnaṃ mahapphalaṃ
Sāhaṃ gantvā manussattaṃ vadaññū vītamaccharā

Saṃghe dānaṃ dassāmahaṃ appamattā punappunan ti 16
Kā esā devatā bhadde tayā mantaya te saha
Sabbe deve tāvatiṃse vaṇṇena atirocati 17
Manussabhūtā devinda pubbe mānusake bhave
Sahabhariyā ca me āsi bhaginī ca kaniṭṭhikā
Saṃghe dānāni datvāna katapuññā virocati 18
Dhammena pubbe bhaginī tayā bhadde virocasi
Yaṃ saṃghasmiṃ appameyye patiṭṭhāpesi dakkhiṇaṃ 19
Pucchito hi mayā Buddho Gijjhakūṭasmiṃ pabbate
Vipākaṃ saṃvibhāgassa yattha dinnaṃ mahapphalaṃ 20
Yajamānānaṃ manussānaṃ puññapekhāna pāṇinaṃ
Karotaṃ opadhikaṃ puññaṃ yattha dinnaṃ mahapphalaṃ 21
Taṃ me Buddho viyākāsi jānaṃ kammapphalaṃ sakaṃ
Vipākaṃ saṃvibhāgassa yattha dinnaṃ mahapphalaṃ 22
Cattāro ca paṭipannā cattāro ca phale ṭhitā
Esa saṃgho ujubhūto paññasīlasamāhito 23
Yajamānānaṃ manussānaṃ puññapekhāna pāṇinaṃ
Karotaṃ opadhikaṃ puññaṃ saṃghe dinnaṃ mahapphalaṃ 24
Eso hi saṃgho vipulo mahaggato
Esappameyyo udadhīva sāgaro
Etehi seṭṭhā naraviriyasāvakā
Pabhaṃkarā dhammakathaṃ udīrayanti 25
Tesaṃ sudinnaṃ suhutaṃ suyiṭṭhaṃ
Ye saṃghaṃ uddissa dadanti dānaṃ
Sā dakkhiṇā saṃghagatā patiṭṭhitā
Mahapphalā lokavidūhi vaṇṇitā 26
Etādisaṃ puññam anussarantā
Ye vedajātā vicaranti loke
Vineyya maccheramalaṃ samūlaṃ
Aninditā saggam upenti ṭhānan ti 27

Daddalla-vimānaṃ chaṭṭhaṃ

35

Phalikarajatahemajālacchannaṃ
Vividhavicitraphalam addasaṃ surammaṃ
Vyamhaṃ sunimmitam toraṇūpapannaṃ
Rājakūpakiṇṇam idaṃ subhaṃ vimānaṃ 1

Bhāti ca dasa disā nabhe va suriyo
Sarade tamapanudo sahassaraṃsi
Tathā tapati midaṃ tava vimānaṃ
Jalam iva dhūmasikho nisenabhagge 2
Musativa nayanaṃ sateritāva
Ākāse ṭhapitam idaṃ manuññaṃ
Vīṇāmurajasammatāḷaghuṭṭhaṃ
Iddhaṃ indapuraṃ yathā tava midaṃ 3
Padumakumuda-uppalakuvalayaṃ
Yothikā bhaṇḍikā nojakā ca santi
Sālakusumitapupphitā asokā
Vividhadumaggasugandhasevitam idaṃ 4
Salaḷalabujasujakasaṃyuttā
Kusukasuphullitalatā va lambinīhi
Maṇijālasadisayasassinī
Rammā pokkharaṇī upatthitā te 5
Udakaruhā ca yetthipupphajātā
Phalajā yeva santi rukkhajātā
Mānussakā amānussakā ca dibbā
Sagge tuyhaṃ nivesanamhi jātā 6
Kissa samadamassa ayaṃ vipāko
Kenāsi kammaphalenidhūpapannā
Yathā te adhigatam idaṃ vimānam
Tad anupadaṃ avacāsi aḷārapakhumo ti 7
Yathā ca me adhigatam idaṃ vimānaṃ
Koñcamayūracakorasaṃghacaritaṃ
Dibyapilavahaṃ sarājaciṇṇaṃ
Dijakāraṇḍavakokilābhināditaṃ 8
Nānasantānakapupphарukkhavividhā
Pāṭalijambu-asokarukkhavantaṃ
Yathā ca me adhigatam idaṃ vimānaṃ
Tan te pavedissāmi suṇohi bhante 9
Magadhavarapuratthime
Nāḷaka-gāmako nāma atthi bhante
Tattha ahosim pure suṇisā
Sesavatī ti tattha jānimsu mamaṃ 10
Sāhaṃ apaciṃ tattha kammakusalaṃ
Devamanussapūjitaṃ mahantaṃ

Upatissaṃ nibbutaṃ appameyyaṃ
Muditamanā kusumehi abbhokiriṃ 11
Paramagatigatañ ca pūjayitvā
Antimadehadharaṃ isiṃ uḷāraṃ
Pahāya mānusakaṃ samussayaṃ
Tidasāgatā idha māvasāmi ṭhānan ti 12

Sesavatī-vimānaṃ sattamaṃ

36

Pītavatthe pītadhaje pītālaṅkārabhūsite
Pītantarāhi vaggūhi apilandhā va sobhasi 1
Kakambukāyuradhare kañcanāveḷabhūsite
Hemajālakasañchanne nānāratanamālini 2
Sovaṇṇamayā lohitaṅkamayā ca
Muttāmayā veḷuriyāmayā ca
Masāragallā sahalohitakā
Pārevatakkhīhi maṇīhi cittatā 3
Koci koci ettha mayūrasussaro
Haṃsassa rañño karavīkasussaro
Tesaṃ saro suyyati vaggurūpo
Pañcaṅgikaṃ turiyam iva ppavāditaṃ 4
Ratho ca te subho vaggu nānāratanacittito
Nānāvaṇṇāhi dhātuhi suvibhatto va sobhati 5
Tasmiṃ rathe kañcanabimbavaṇṇe
Yā tvaṃ ṭhitā bhāsasi' maṃ padesaṃ
Devate pucchitācikkha
Kissa kammassidaṃ phalan ti 6
Sovannajālaṃ maṇisoṇṇacittaṃ
Muttācitaṃ hemajālena channaṃ
Parinibbute Gotame appameyye
Pasannacittā aham ābhiropayiṃ 7
Tāhaṃ kammam karitvāna kusalaṃ buddhavaṇṇitaṃ
Apetasokā sukhitā sampamodām' anāmayā ti 8

Mallikā-vimānaṃ aṭṭhamaṃ

37

Kā nāma tvaṃ visālakkhī ramme Cittalatāvane
Samantā anupariyāsi nārigaṇapurakkhatā 1
Yadā devā tāvatiṃsā pavisanti imaṃ vanaṃ
Sayoggā sarathā sabbe citrā honti idhāgatā 2

Tuyhañ ca idha pattāya uyyāne vicarantiyā
Kāyena dissati cittaṃ kena rūpaṃ tav' edisaṃ
Devate pucchitācikkha kissa kammassidaṃ phalaṃ 3
Yena kammena devinda rūpaṃ mayhaṃ gatī ca me
Iddhī ca ānubhāvo ca taṃ suṇohi Purindada 4
Ahaṃ Rājagahe ramme Sunandā nāmupāsikā
Saddhā sīlena sampannā saṃvibhāgaratā sadā 5
Acchādanañ ca bhattañ ca senāsanaṃ padīpiyaṃ
Adāsiṃ ujubhūtesu vippasannena cetasā 6
Cātuddasiṃ pañcadasiṃ yā ca pakkhassa aṭṭhamī
Pāṭihāriyapakkhañ ca aṭṭhaṅgasusamāgataṃ
Uposathaṃ upavasiṃ sadā sīlesu saṃvutā 7
Pāṇātipātā viratā musāvādā ca saññatā
Theyyā ca aticārā ca majjapānā ca ārakā 8
Pañca sikkhāpade ratā ariyasaccāna kovidā
Upāsikā cakkumato Gotamassa yasassino 9
Tassā me ñātikulaṃ āsi sadā mālābhihārati
Tāhaṃ bhagavato thūpe sabbam evābhiropayiṃ 10
Uposathe vahaṃ gantvā mālāgandhavilepanaṃ
Thūpasmiṃ abhiropesiṃ pasannā sakehi pāṇihi 11
Tena kammena devinda rūpaṃ mayhaṃ gatī ca me
Iddhī ca ānubhāvo ca yañ ca mālābhiropayiṃ 12
Yañ ca sīlavatī āsiṃ na taṃ tāva vipaccati
Āsā ca pana me devinda sakadagāminī siyan ti 13
Visālakkhi-vimānaṃ navamaṃ

38

Pāricchattake koviḷāre ramaṇīye manorame
Dibbamālaṃ ganthamānā gāyantī sampamodasi 1
Tassā te naccamānāya aṅgamaṅgehi sabbaso
Dibbā saddā niccharanti savanīyā manoramā 2
Tassā te naccamānāya aṅgamaṅgehi sabbaso
Dibbā gandhā pavāyanti sucigandhā manoramā 3
Vivattamānā kāyena yā veṇisu pilandhanā
Tesaṃ suyyati nigghoso turiye pañcaṅgike yathā 4
Vaṭaṃsakā vātadhutā vātena sampakampitā
Tesaṃ suyyati nigghoso turiye pañcaṅgike yathā 5
Yā pi te sirasmiṃ mālā sucigandhā manoramā

Vāti gandho disā sabbā rukko mañjusako yathā 6
Ghāyase taṃ sucigandhaṃ rūpaṃ passasi amānusaṃ
Devate pucchitācikkha kissa kammassidaṃ phalaṃ 7
Pabhassaraṃ accimantaṃ vaṇṇagandhena saṃyutaṃ
Asokapupphamālāhaṃ Buddhassa upanāmayiṃ 8
Tāhaṃ kammaṃ karitvāna kusalaṃ Buddhavaṇṇitaṃ
Apetasokā sukhitā sampamodām' anāmayā 9

Pāricchattaka-vimānaṃ dasamaṃ

Uddānaṃ

Uḷāraṃ ucchupallaṅkaṃ latā ca guttilena ca
Daddalla sesavatī mallī visālakkhi pāricchattako
Vaggo tena pavuccatīti

Pāricchattaka-vaggo tatiyo.

MAÑJEṬṬHAKA-VAGGO CATUTTHO.

39

Mañjeṭṭhake vimānasmiṃ sovaṇṇavālukasanthate
Pañcaṅgikena turiyena ramasi suppavādite 1
Tamhā vimānā oruyha nimmitā ratanāmayā
Ogāhasi sālavanaṃ pupphitaṃ sabbakālikaṃ 2
Yassa yasseva sālassa mūle tiṭṭhasi devate
So so muñcati pupphāni onamitvā dumuttamo 3
Vāteritaṃ sālavanaṃ ādhutaṃ dijasevitaṃ
Vāti gandho disā sabbā rukkho mañjussako yathā 4
Ghāyase tam sucigandhaṃ rūpaṃ passasi amānusaṃ
Devate pucchitācikkha kissa kammassidaṃ phalaṃ 5
Ahaṃ manussesu manussabhūtā dāsi ayyarakule ahuṃ
Buddhaṃ nisinnaṃ disvāna sālapupphehi okiriṃ 6
Vaṭaṅsakaṃ ca sukataṃ sālapuppham ayaṃ ahaṃ
Buddhassa upanāmesim pasannā sakehi pāṇihi 7
Tāhaṃ kammaṃ karitvāna kusalaṃ buddhavaṇṇitaṃ
Apetasokā sukhitā sampamodām' anāmayā ti 8

Mañjeṭṭhaka-vimānaṃ paṭhamaṃ

40

Pabhassaravaravaṇṇanibhe
Surattavatthanivāsane
Mahiddhiko candanaruciragatte
Kā tvaṃ subhe devate vandase mamaṃ 1
Pallaṅko ca te mahaggho
Nānāratanacittito ruciro
Yattha twaṃ nisinnā virocasi
Devarājā riva Nandane vane 2
Kiṃ tvaṃ pure sucaritam ācari bhadde
Kissa kammassa vipākaṃ anubhosi
Devalokasmiṃ devate pucchitācikkha
Kissa kammassidaṃ phalan ti 3
Piṇḍāya te carantassa

Mālaṃ phāṇitañ ca adadaṃ bhante
Tassa kammassidaṃ vipākaṃ
Anubhomi devalokasmiṃ
Hoti ca me anutāpo
Aparaddhaṃ dukkhitañ ca me bhante
Sāhaṃ dhammaṃ nāssosiṃ
Sudesitaṃ dhammarājena
Taṃ taṃ vadāmi bhaddante
Yassa me anukampiyo
Koci dhammesu taṃ samādapetha
Sudesitaṃ dhammarājena
Yesaṃ atthi saddhā buddhe
Dhamme ca saṃgharatane ca
Te mam ativirocanti
Āyunā yasasā siriyā
Patāpena vaṇṇena uttaritarā
Aññe mahiddhikatarā mayā devā ti

Pabhassara-vimānaṃ dutiyaṃ

41

Alaṅkatā maṇikanakakañcanācitaṃ
Suvaṇṇajālacittaṃ mahantaṃ
Abhiruyha gajavaram sukappitaṃ
Idhāgamā vehāsayaṃ antalikkhe
Nāgassa dantesu duvesu nimmitā
Acchodakā paduminiyo suphullā
Padumesu caturiyagaṇā pavajjare
Imā ca naccanti manoharāyo
Deviddhipattāsi mahānubhāve
Manussabhūtā kiṃ akāsi puññaṃ
Kenāsi evaṃ jalitānubhāvā
Vaṇṇo ca te sabbadisā pabhāsatīti
Bārāṇasiyaṃ upasaṅkamitvā
Buddhassāhaṃ vatthayugam adāsiṃ
Pādāni vanditva chamā nisīdiṃ
Vittāva taṃ añjalikaṃ akāsiṃ
Buddho ca me kañcanasannibhattaco
Adesayi samudayadukkhaniccataṃ
Asaṃkhataṃ dukkhanirodhasaccaṃ

Maggaṃ adesayi yato vijānissaṃ 5
Appāyukī kālakatā tato cutā
Upapannā tidasānaṃ yasassinī
Sakkassāhaṃ aññatarā pajāpati
Yasuttarā nāma disāsu vissutā ti 6

Nāga-vimānaṃ tatiyaṃ

42

Abhikkantena vaṇṇena yā tvaṃ tiṭṭhasi devate
Obhāsenti disā sabbā osadhī viya tārakā 1
Kena te tādiso vaṇṇo . . . pe . . .
Vaṇṇo ca te sabbadisā pabhāsatīti 2, 3
Sā devatā attamanā . . . pe . . . yassa kammassidaṃ phalaṃ 4
Ahañ ca Bārāṇasiyaṃ Buddhassādiccabandhuno
Adāsiṃ sukkhakummāsaṃ pasannā sakehi pāṇihi 5
Sukkhāya aloṇikāya ca passa phalaṃ kummāsapiṇḍiyā
Alomaṃ sukhitaṃ disvā ko puññaṃ na karissati 6
Tena me tādiso vaṇṇo . . . pe . . .
Vaṇṇo ca me sabbadisā pabhāsatīti 7, 8

Āloma-vimānaṃ catutthaṃ

43

Abhikkantena vaṇṇena . . . pe . . .
Osadhī viya tārakā 1
Kena te tādiso vaṇṇo . . . pe . . .
Vaṇṇo ca te sabbadisā pabhāsatīti 2, 3
Sā devatā attamanā . . . pe . . .
Yassa kammassidaṃ phalaṃ 4
Ahaṃ Andhakavindasmiṃ Buddhassādiccabandhuno
Adāsiṃ kolasampākaṃ kañjikaṃ teladhūpitaṃ 5
Pipphalyā lasuṇena ca missaṃ lāmajjakena ca
Adāsiṃ ujubhutasmiṃ vippasannena cetasā 6
Yā mahesittaṃ kāreyya cakkavattissa rājino
Nārī sabbaṅgakalyāṇī bhattu cānomadassikā
Etassa kañjikadānassa kalaṃ nāgghati soḷasiṃ 7
Sataṃ nikkhā sataṃ assā sataṃ assatarīrathā
Sataṃ kaññāsahassāni āmuttamaṇikuṇḍalā
Etassa kañjikadānassa kalaṃ nāgghanti soḷasiṃ 8
Satam hemavatā nāgā īsādantā urūḷhavā

Suvaṇṇakacchā mātaṅgā hemakappanivāsasā
Etassa kañjikadānassa kalaṃ nāgghanti soḷasiṃ. 9
Catunnam pi ca dīpānaṃ issaraṃ yo 'dha kāraye
Etassa kañjikadānassa kalaṃ nāgghati soḷasin ti 10

Kañjika-dāyika-vimānaṃ pañcamaṃ

44

Abhikkantena vaṇṇena . . . pe . . . osadhī viya tārakā 1
Tassā tenaccamānāya aṅgamaṅgehi sabbaso
Dibbā saddā niccharanti savanīyā manoramā 2
Tassā tenaccamānāya aṅgamaṅgehi sabbaso
Dibbā gandhā pavāyanti sucigandhā manoramā 3
Vivattamānā kāyena yā veṇisu pilandhanā
Tesaṃ suyyati nigghoso turiye pañcaṅgike yathā 4
Vataṃsakā vātadhutā vātena sampakampitā
Tesaṃ suyyati nigghoso turiye pañcaṅgike yathā 5
Yā pi te sirasi mālā sucigandhā manoramā
Vāti gandho disā sabbā rukkho mañjūsako yathā 6
Ghāyase taṃ sucigandhaṃ rūpaṃ passasi amānusaṃ
Devate pucchitācikkha kissa kammassidaṃ phalaṃ 7
Sāvatthiyaṃ mayha sakhī bhadante
Saṃghassa kāresi mahāvihāraṃ
Tattha pasannā aham ānumodiṃ
Disvā agārañ ca piyañ ca metaṃ 8
Tāy' eva me suddhanumodanāya
Laddhaṃ vimān' abbhutadassaneyyaṃ
Samantato soḷasayojanāni
Vehāsayam gacchati iddhiyā mama 9
Kūṭāgārā nivesā me vibhattā bhāgaso mitā
Daddallamānā ābhanti samantā satayojanaṃ 10
Pokkharañño ca me ettha puthulomanisevitā
Acchodakā vippasannā soṇṇavālukasanthatā 11
Nānāpadumasañchannā puṇḍarīkasamotatā
Surabhī sampavāyanti manuññamāluteritā 12
Jambuyo panasā tālā nāḷikerā vanāni ca
Anto nivesane jātā nānā rukkhā aropimā 13
Nānāturiyasaṃghuṭṭhaṃ accharāgaṇaghositaṃ
Yo pi maṃ supine passe so pi vitto siyā naro 14
Etādisaṃ abbhutadassaneyyaṃ vimānaṃ sabbaso pabhaṃ

Mama kammehi nibbattaṃ alaṃ puññāni kātave 15
Tāy' eva te suddhanumodanāya
Laddhaṃ vimān' abbhutadassaneyyaṃ
Yā c'eva sā dānam adāsi nāri
Tassā gatiṃ brūhi kuhiṃ uppannā sā ti 16
Yā sā ahu mayha sakhī bhadante
Saṃghassa kāresi mahāvihāraṃ
Viññātatadhammā sā adāsi dānaṃ
Uppannā nimmānaratīsu deve 17
Pajāpatī tassa sunimmitassa
Acintiyā kammavipāka tassā
Yam etam pucchasi kuhiṃ uppannā sā
Bhante viyākāsiṃ anaññathā ahaṃ 18
Tena hi aññe pi samādapetha
Saṃghassa dānāni dadātha vittā
Dhammañ ca suṇātha pasannamānasā
Sudullabho laddho manussalābho 19
Yaṃ maggaṃ maggādhipatī adesayi
Brahmassaro kañcanasannibhattaco
Saṃghassa dānāni dadātha vittā
Mahapphalā yattha bhavanti dakkhiṇā 20
Ye puggalā aṭṭhasataṃ pasatthā
Cattāri ye tāni yugāni honti
Te dakkhiṇeyyā sugatassa sāvakā
Etesu dinnāni mahapphalāni 21
Cattāro ca paṭipannā cattāro ca phale ṭhitā
Esa saṃgho ujubhūto paññāsīlasamāhito 22
Yajamānānaṃ manussānaṃ puññapekkhāna pāṇinaṃ
Karotaṃ opadhikaṃ puññaṃ saṅghe dinnaṃ mahapphalaṃ 23
Eso hi saṃgho vipulo mahaggato
Esappameyyo udadhī va sāgaro
Ete hi seṭṭhā naravīrasāvakā
Pabhaṅkarā dhammam udīrayanti 24
Tesaṃ sudinnaṃ suhutaṃ suyiṭṭhaṃ
Ye saṃgham uddissa dadanti dānaṃ
Sā dakkhiṇā saṃghagatā patiṭṭhitā
Mahapphalā lokavidūhi vaṇṇitā 25

Etādisaṃ puññam anussarantā
Ye vedajātā vicaranti loke
Vineyya maccheramalaṃ samūlaṃ
Aninditā saggam upenti ṭhānan ti 26

Vihāra-vimānaṃ chaṭṭhaṃ
Bhāṇavāraṃ dutiyaṃ.

45

Abhikkantena vaṇṇena . . . pe (X. 1–3) . . .
Vaṇṇo ca te sabbadisā pabhāsatīti 1-3
Sā devatā attamanā . . . pe (X. 4) . . . yassa kammassidaṃ phalaṃ 4
Indīvarānaṃ hatthakaṃ ahaṃ adāsiṃ
Bhikkhuno piṇḍāya carantassa
Esikānaṃ uṇṇatasmiṃ nagare
Vare peṇṇakate ramme 5
Tena me tādiso vaṇṇo . . . pe (X. 7, 8) . . .
Vaṇṇo ca me sabbadisā pabhāsatīti 6, 7

Abhikkantena vaṇṇena . . . pe . . .
Vaṇṇo ca te sabbadisā pabhāsatī ti
Sā devata attamanā . . . pe . . .
Yassa kammassidaṃ phalaṃ 8–11
Nīluppalahatthakaṃ ahaṃ adāsiṃ
Bhikkhuno piṇḍāya carantassa
Esikānaṃ uṇṇatasmiṃ nagare
Vare peṇṇakate ramme 12
Tena me tādiso vaṇṇo . . . pe . . .
Vaṇṇo ca me sabbadisā pabhasātīti 13, 14

Abhikkantena . . . pe . . .
Sā devatā attamanā . . . pe . . .
Yassa kammassidaṃ phalaṃ 15–18
Odātamūlakaṃ harītapattaṃ
Udakamhi sare jātaṃ ahaṃ adāsiṃ
Bhikkuno piṇḍāya carantassa
Esikānaṃ uṇṇatasmiṃ nagare
Vare peṇṇakate ramme 19
Tena me tādiso vaṇṇo . . . pe . . .

Vaṇṇo ca me sabbadisā pabhāsatīti 20, 21

Abhikkantena vaṇṇena . . . pe . . .
Vaṇṇo ca te sabbadisā pabhāsatī ti
Sā devatā attamanā . . . pe . . .
Yassa kammassidaṃ phalaṃ 22-25
Ahaṃ sumanā sumanassa sumanamakulāni
Dantavaṇṇāni aham adāsiṃ
Bhikkhuno piṇḍāya carantassa
Esikānaṃ uṇṇatasmiṃ nagare
Vare peṇṇakate ramme 26
Tena me tādiso vaṇṇo . . . pe . . .
Vaṇṇo ca me sabbabisā pabhāsatīti 27, 28
Caturitthi-vimānaṃ sattamaṃ

46

Dibban te ambavanaṃ rammaṃ pāsādettha mahallako
Nānāturiyasaṃghuṭṭo accharāgaṇaghosito 1
Padīpo cettha jalati niccaṃ sovaṇṇayo mahā
Dussaphalehi rukkhehi samantā parivārito 2
Kena te ambavanaṃ rammaṃ pāsādettha mahallako
Kena te tādiso vaṇṇo . . . pe . . .
Vaṇṇo ca te sabbadisā pabhāsatīti 3, 4
Sā devatā attamanā . . . pe . . .
Yassa kammassidaṃ phalaṃ 5
Ahaṃ manussesu manussabhūtā
Purimāya jātiyā manussaloke
Vihāram saṃghassa kāresiṃ ambehi parivāritam 6
Pariyosite vihāre kārente niṭṭhite mahe
Ambe acchādayitvāna katvā dussamaye phale 7
Padīpaṃ tattha jāletvā bhojayitvā gaṇuttamaṃ
Niyyādesim taṃ saṃghassa pasannā sakehi pāṇihi 8
Tena me ambavanaṃ rammaṃ pāsādettha mahallako
Nānāturiyasaṃghuṭṭho accharāgaṇaghosito 9
Padīpo cettha jalati niccaṃ sovaṇṇayo mahā
Dussaphalehi rukkhehi samantā parivārito 10
Tena me tādiso vaṇṇo . . . pe . . .
Vaṇṇo ca me sabbadisā pabhāsatīti 11, 12
Amba-vimānam aṭṭhamaṃ

47

Pītavatthe pītadhaje pītālaṅkārabhūsite
Pītacandanalittaṅge pītuppalamadhārinī 1
Pītapāsādasayane pītāsane pītabhojane
Pītachatte pītarathe pītasse pītavijane 2
Kiṃ kammam akarī bhadde pubbe mānusake bhave
Devate pucchitācikkha kissa kammassidaṃ phalaṃ 3
Kosātaki nāma latatthi bhante tittikā anabhijjhitā
Tassā cattāri pupphāni thūpaṃ abhihariṃ ahaṃ 4
Satthu sarīraṃ uddissa vippasannena cetasā
Nāssa maggaṃ avekkhissaṃ tadaṅgamanasā satī 5
Tato maṃ avadhi gāvī thūpaṃ appattamānasaṃ
Tañ cāhaṃ abhisañceyyaṃ bhīyo nūna ito siyā 6
Tena kammena devinda Maghavā devakuñjara
Pahāya mānusaṃ dehaṃ tava sahavyatam āgatā ti 7
Idaṃ sutvā tidasādhipati Māghavā devakuñjaro
Tāvatiṅse pasādento Mātaliṃ etad abravi 8
Passa Mātali accheraṃ cittaṃ kammaphalaṃ idaṃ
Appakam pi kataṃ deyyaṃ puññaṃ hoti mahapphalaṃ 9
Natthi citte pasannamhi appakā nāma dakkhiṇā
Tathāgate vā sambuddhe atha vā tassa sāvake 10
Ehi Mātali amhe pi bhiyyo bhiyyo mahemase
Tathāgatassa dhātuyo sukho puññānam uccayo 11
Tiṭṭhante nibbute vāpi same citte samaṃ phalaṃ
Cetopaṇidhihetū hi sattā gacchanti suggatiṃ 12
Bahūnnaṃ vata atthāya uppajjanti Tathāgatā
Yattha kāraṃ karitvāna saggaṃ gacchanti dāyakā ti 13

Pīta-vimānaṃ navamaṃ

48

Obhāsayitvā paṭhaviṃ sadevakaṃ
Atirocasi candimasuriyā viya
Siriyā ca vaṇṇena yasena tejasā
Brahmā va deve tidase sahindake 1
Pucchāmi taṃ uppalamāladhārine
Āveḷine kañcanasannibhattace
Alaṅkate uttamavatthadhārine
Kā tvaṃ subhe devate vandase mama 2
Dānaṃ suciṇṇaṃ atha sīlasaññamo

Kenūpapannā sugatiṃ yasassinī
Devate pucchitācikkha kissa kammassidaṃ phalaṃ 3
Idan te bhante idha meva gāmaṃ
Piṇḍāya amhāka gharaṃ upāgamī
Tato te ucchussa adāsiṃ khaṇḍikaṃ
Pasannacittā atulāya pītiyā 4
Sassu ca pacchā anuyuñjate mamaṃ
Kahan nu ucchu vadhu te avākari
Na chaḍḍitaṃ na pana khāditaṃ mayā
Santassa bhikkhussa sayaṃ adās' ahaṃ 5
Tuyhañ c' idaṃ issariyam atho mama
Itissa sassu paribhāsate mamaṃ
Leḍḍuṃ gahetvā pahāraṃ adāsi me
Tato cutā kālakatamhi devatā 6
Tad eva kammaṃ kusalaṃ kataṃ mayā
Sukhañ ca kammaṃ anubhomi attanā
Devehi saddhiṃ paricāriyām' ahaṃ
Modām' ahaṃ kāmaguṇehi pañcahi 7
Tad eva kammaṃ kusalaṃ kataṃ mayā
Sukhañ ca kammaṃ anubhomi attanā
Devindaguttā tidasehi rakkhitā
Samappitā kāmaguṇehi pañcahi 8
Etādisaṃ puññaphalaṃ anappakaṃ
Mahāvipākā mama ucchudakkhiṇā
Devehi saddhiṃ paricāriyām' ahaṃ
Modām' ahaṃ kāmaguṇehi pañcahi 9
Etādisaṃ puññaphalaṃ anappakaṃ
Mahājutikā mama ucchudakkhiṇā
Devindaguttā tidasehi rakkhitā
Sahassanetto riva Nandane vane 10
Tuvañ ca bhante anukampakaṃ viduṃ
Upecca vandiṃ kusalañ ca pucchi 'maṃ
Tato te ucchussa adāsi khaṇḍikaṃ
Pasannacittā atulāya pītiyā ti 11

Ucchu-vimānaṃ dasamaṃ

49

Abhikkantena vaṇṇena yā tvaṃ tiṭṭhasi devate
Obhāsentī disā sabbā osadhī viya tārakā 1

Kena te tādiso vaṇṇo . . . pe . . .
Vaṇṇo ca te sabbadisā pabhāsatīti 2, 3
Sā devatā attamanā . . . pe . . . yassa kammassidaṃ
phalaṃ 4
Ahaṃ manussesu manussabhūtā
Disvāna samaṇe sīlavante
Pādāni vanditvā manaṃ pasādayiṃ
Vittā c'ahaṃ añjalikaṃ akāsiṃ 5
Tena me tādiso vaṇṇo . . .
Vaṇṇo ca me sabbadisā pabhāsatīti 6
Vandana-vimānaṃ ekādasamaṃ

50

Abhikkantena vaṇṇena yā tvaṃ tiṭṭhasi devate
Hatthe pāde ca viggayha naccasi suppavādite 1
Tassā te nandamānāya aṅgamaṅgehi sabbaso
Dibbā saddā niccharanti savaniyā manoramā 2
Tassā te naccamānāya aṅgamaṅgehi sabbaso
Dibbā gandhā pavāyanti sucigandhā manoramā 3
Vivattamānā kāyena yā veṇīsu piḷandhanā
Tesaṃ suyyati nigghoso turiye pañcaṅgike yathā 4
Vaṭaṅsakā vātadhutā vātena sampakampitā
Tesaṃ suyyati nigghoso turiye pañcaṅgike yathā 5
Sā pi te sirasi mālā sucigandhā manoramā
Vāti gandho disā sabbā rukkho mañjusako yathā 6
Ghāyase tam sucigandhaṃ rūpaṃ passasi amānusaṃ
Devate pucchitācikkha kissa kammassidam phalaṃ 7
Dāsī ahaṃ pure āsim Gayāyam brāhmaṇassa haṃ
Appapuññā alakkhikā Rajjumālā ti maṃ vidū 8
Akkosānam vadhānañ ca tajjanāya ca ukkatā
Kuṭam gahetvā nikkhamma agacchiṃ udakahāriyā 9
Vipathe kuṭaṃ nikkhipitvā vanasaṇḍiṃ upāgamiṃ
Idhevāhaṃ marissāmi kīvattho pi jīvitena me 10
Daḷhapāsaṃ karitvāna ālambitvāna pādape
Tato disā vilokesiṃ ko nu khova namassito 11
Tatthaddasāmi sambuddhaṃ sabbalokahitaṃ muniṃ
Nisinnaṃ rukkhamūlasmiṃ jhāyantaṃ akutobhayaṃ 12
Tassā me āhu saṃvego abbhuto lomahaṅsano

Ko nu kho va namassito manusso udāhu devatā 13
Pāsādikaṃ pasādaniyaṃ vanā nibbanam āgataṃ
Disvā mano me pasīdi nāyaṃ yādisikīdiso 14
Guttindriyo jhānarato abahigatamānaso
Hito sabbassa lokassa Buddho ayaṃ bhavissati 15
Bhayabheravo durāsado sīhō va guhanissato
Dullabhāyaṃ dassanāya pupphaṃ udumbaraṃ yathā 16
So maṃ mudūhi vācāhi ālapitvā tathāgato
Rajjumāle ti maṃ avoca saraṇaṃ gaccha tathāgataṃ 17
Tāhaṃ giraṃ suṇitvāna neḷaṃ atthavatiṃ suciṃ
Saṇhaṃ muduñ ca vagguñ ca sabbasokāpanūdanaṃ 18
Kallacittañ ca maṃ ñatvā pasannaṃ suddhamānasaṃ
Hito sabbassa lokassa anusāsi tathāgato 19
Idaṃ dukkhan ti maṃ avoca ayaṃ dukkhassa sambhavo
Ayaṃ dukkhanirodho ca añjaso amatogadho 20
Anukampakassa kusalassa ovādamhi ahaṃ ṭhitā
Ajjhagā amataṃ santiṃ nibbānaṃ padam accutaṃ 21
Sāhaṃ avaṭṭhitā pemā dassane avikampinī
Mulajātāya saddhāya dhītā buddhassa orasā 22
Sāhaṃ ramāmi kīḷāmi modāmi akutobhayā
Dibbamālaṃ dhārayāmi pivāmi madhum addhuvaṃ 23
Saṭṭhi turiyasahassāni paṭibodhaṃ karonti me
Āḷambo gaggaro bhīmo sādhuvādī ca saṃsayo 24
Pokkharo ca suphasso ca vīṇā mokkhā ca nāriyo
Nandā c'eva Sunandā ca Soṇadinnā Suvimhitā 25
Alambusā Missakosī ca Puṇḍarīkātidāruṇī
Enipassā Supassā ca Subhaddā Mudukāvadī 26
Etā c'aññā ca seyyāse accharānaṃ pabodhiyā
Tā maṃ kālen' upāgantvā abhibhāsanti devatā 27
Handa naccāma gāyāma handa taṃ ramayāmase
Nayidaṃ akatapuññānaṃ katapuññānam ev' idaṃ
Asokaṃ nandanaṃ rammaṃ Tidasānaṃ mahāvanaṃ 28
Sukhaṃ akatapuññānaṃ idha natthi parattha ca
Sukhañ ca katapuññānaṃ idha c'eva parattha ca 29
Tesaṃ sahavyakāmānaṃ kātabbaṃ kusalaṃ bahuṃ
Katapuññāhi modanti sagge bhogasamaṅgino 30
Bahunnaṃ vata atthāya uppajjanti tathāgatā
Dakkhiṇeyyā manussānaṃ puññakkhettānam ākarā

Yattha kāraṃ karitvāna saggo modanti dāyakā ti 31
Rajjumālā-vimānaṃ dvādasamaṃ

Uddānaṃ—

Mañjiṭṭhā pabhassarā nāgā alomā kañjika-
dāyikā
Vihāra-caturitthambā pītā ucchu vandana rajjumālā
ca
Vaggo tena pavuccatī ti

Itthi-vimāne catuttho vaggo

MAHĀRATHA-VAGGOPAÑCAMO.

51

Ko me vandati pādāni iddhiyā yasasā jalaṃ
Abhikkantena vaṇṇena sabbā obhāsayaṃ disā ti 1
Maṇḍūko ahaṃ pure āsiṃ udake vārigocaro
Tava dhammaṃ suṇantassa avadhi vacchapālako 2
Muhuttaṃ cittapasādassa iddhiṃ passa yasañ ca me
Ānubhāvañ ca me passa vaṇṇaṃ passa jutiñ ca me 3
Ye ca te dīgham addhānaṃ dhammaṃ assosuṃ Gotama
Pattā te acalaṭṭhānaṃ yattha gantvā na socare ti 4

Maṇḍūka-devaputta-vimānaṃ paṭhamaṃ

52

Cirappavāsiṃ purisaṃ dūrato sotthim āgataṃ
Ñātimittā suhajjā ca abhinandanti āgataṃ 1
Tatheva katapuññam pi asmā lokā paraṃ gataṃ
Puññāni paṭiggaṇhanti piyaṃ ñātiṃ va āgataṃ* 2
Uṭṭhehi Revate supāpadhamme
Apārutaṃ dvāram adānasīle
Nessāma taṃ yattha thunanti duggatā
Samappitā nerayikā dukkhenāti 3
Iccevaṃ vatvāna Yamassa dūtā
Te dve yakkhā lohitakkhā brahantā
Paccekabāhāsu gahetvā Revatiṃ
Pakkāmayiṃsu devagaṇassa santike 4
Ādiccavaṇṇaṃ ruciraṃ pabhassaraṃ
Vyamhaṃ subhaṃ kañcanajālachannaṃ
Kassetaṃ ākiṇṇajanaṃ vimānaṃ
Suriyassa raṃsī riva jotamānaṃ 5
Nārīgaṇā candanasāralittā
Ubhato vimānaṃ upasobhayanti
Tan dissati suriyasamānavaṇṇaṃ
Ko modati saggappatto vimāne ti 6

* Dhammapada 219, 220.

Bārāṇasiyaṃ Nandiyo nāmāsi upāsako
Amacchari dānapatī vadaññū
Tassetaṃ ākiṇṇajanaṃ vimānaṃ
Suriyassa ramsī riva jotamānaṃ 7
Nārigaṇā candanasāralittā
Ubhato vimānaṃ upasobhayanti
Taṃ dissati suriyasamānavaṇṇaṃ
So modati saggappatto vimāne 8
Nandiyassāhaṃ bhariyā
Agārinī sabbakulassa issarā
Bhattu vimāne ramissāmi dāni 'haṃ
Na patthaye nirayadassanāya 9
Esova te nirayo supāpadhamme
Puññaṃ tayā akataṃ jīvaloke
Na hi macchariyo rosako pāpadhammo
Saggūpagānaṃ labhati sahavyataṃ 10
Kiṃ nu gūthañ ca muttañ ca asuci paṭidissati
Duggandhaṃ kim idaṃ mīḷhaṃ kim etam upavāyati 11
Esa Saṃsavako nāma gambhīro sataporiso
Yattha vassasahassāni tuvam paccasi Revate ti 12
Kin nu kāyena vācāya manasā dukkataṃ kataṃ
Kena Saṃsavako laddho gambhīro sataporiso 13
Samaṇe brāhmaṇe cāpi aññe vāpi vanibbake
Musāvādena vañcesi taṃ pāpaṃ pakataṃ tayā 14
Tena Saṃsavako laddho gambhīro sataporiso
Tattha vassasahassāni tuvam paccasi Revate 15
Hatthe pi chindanti atho pi pāde
Kaṇṇe pi chindanti atho pi nāsaṃ
Atho pi kākolagaṇā samecca
Saṃgamma khādanti viphandamānan ti 16
Sādhu kho maṃ paṭinetha kāhāmi kusalam bahuṃ
Dānena samacariyāya saṃyamena damena ca
Yam katvā sukhitā honti na ca pacchānutappare ti 17
Pure tuvaṃ pamajjitvā idāni paridevasi
Sayaṃ katānaṃ kammānaṃ vipākaṃ anubhossasi 18
Ko devalokato manussalokaṃ
Gantvāna puṭṭho me evam vadeyya
Nikkhittadaṇḍesu dadātha dānaṃ

Acchādanaṃ sayanaṃ athannapānaṃ 19
Na hi macchariyo rosako pāpadhammo
Saggūpagānaṃ labhati sahavyataṃ 20
Sāhaṃ nūna ito gantvā yoniṃ laddhāna mānusiṃ
Vadaññū sīlasampannā kāhāmi kusalaṃ bahuṃ
Dānena samacariyāya saṃyamena damena ca 21
Ārāmāni ca ropissaṃ dugge saṃkamanāni ca
Papañ ca udapānañ ca vippasannena cetasā 22
Cātuddasiṃ pañcadasiṃ yā ca pakkhassa aṭṭhamī
Pāṭihāriyapakkhañ ca aṭṭhaṅgasusamāgataṃ 23
Uposathaṃ upavasissaṃ sadā sīlesu saṃvutā
Na ca dāne pamajjissaṃ sāmaṃ diṭṭham idaṃ mayā ti 24
Iccevaṃ vippalapantiṃ phandamānaṃ tato tato
Khipiṃsu niraye ghore uddhapādaṃ avaṃsiraṃ 25
Ahaṃ pure maccharinī ahosiṃ
Paribhāsikā samaṇabrāhmaṇānaṃ
Vitathena ca sāmikaṃ vañcayitvā
Paccāmahaṃ niraye ghorarūpe ti 26

Revati-vimānaṃ dutiyaṃ

53

Yo vadataṃ pavaro manujesu
Sakyamunī bhagavā katakicco
Pāragato balaviriyasamaṅgī
Taṃ sugataṃ saraṇatthaṃ upehi 1
Rāgavirāgam anejam asokaṃ
Dhammam asaṃkhatam appaṭikūlaṃ
Madhuram imaṃ paguṇam suvibhattaṃ
Dhammam imaṃ saraṇatthaṃ upehi 2
Yattha ca dinnamahapphalam āhu
Catusu sucīsu purisayugesu
Aṭṭha ca puggaladhammadasā te
Saṃgham imaṃ saraṇatthaṃ upehi 3
Na tathā tapati nabhasmiṃ suriyo
Cando na bhāsati na phusso
Yathā tulam idaṃ mahappabhāsaṃ
Ko nu tvaṃ tidivāmahim upāgami 4
Chindati ca raṃsi pabhaṃkarassa
Sādhikavīsati yojanāni ābhā

Rattim pi ce yathā divaṃ karoti
Parisuddhaṃ vimalaṃ subhaṃ vimānaṃ 5
Bahūpadumavicitrapuṇḍarīkaṃ
Vokiṇṇaṃ kusumehi nekavicittaṃ
Arajavirajahemajālachannaṃ
Ākāse tapati yathā pi suriyo 6
Rattambarapītavāsasāhi
Agalūpiyaṅgukacandanussadāhi
Kañcanatanusannibhattacāhi
Paripūraṃ gaganaṃ va tārakāhi 7
Naranāriyo bahuketthā nekavaṇṇā
Kusumavibhūsitā bharaṇettasumanā
Anilapamuñcitā pavanti surabhi
Tapanīyacittattā suvaṇṇachadanā 8
Kissa kammassa ayam vipāko
Kenāsi kammaphalen' idhūpapanno
Yathā ca te adhigatam idaṃ vimānaṃ
Tadānurūpaṃ avabasi iṅgha puṭṭho ti 9
Yaṃ idha pathe samecca māṇavena
Satthanusāsi anukampamāno
Tava ratanavarassa dhammaṃ sutvā
Karissāmīti ca iti bravittha Chatto 10
Jinapavaraṃ upemi saraṇaṃ
Dhammañ cāpi tatheva bhikkhusaṃghaṃ
No ti paṭhamaṃ avocāhaṃ bhante
Pacchā te vacanaṃ tathevakāsiṃ 11
Mā ca pāṇavadhaṃ vividham ācarassu
[Asuciṃ na hi pāṇesu]
Asaññataṃ avaṇṇayiṃsu sappaññā
No ti paṭhamaṃ avocāhaṃ bhante
Pacchā te vacanaṃ tathevakāsiṃ 12
Mā ca parajanassa rakkhitamhi
Ādātabbaṃ asaññittho adinnaṃ
No ti paṭhamaṃ avocāhaṃ bhante
Pacchā te vacanaṃ tathevakāsiṃ 13
Mā ca parajanassa rakkhitāyo
Parabhariyāyo agamā anariyam etaṃ
No ti paṭhamaṃ avocāhaṃ bhante

Pacchā te vacanaṃ tathevakāsiṃ 14
Mā ca vitathaṃ aññathā abhaṇi
Na hi musāvādaṃ avaṇṇayiṃsu sappaññā
No ti paṭhamaṃ avocāhaṃ bhante
Pacchā te vacanaṃ tathevakāsiṃ 15
Yena ca purisassa apeti saññā
Taṃ majjaṃ parivajjayassu sabbaṃ
No ti paṭhamaṃ avocāhaṃ bhante
Pacchā te vacanaṃ tathevakāsiṃ 16
Svāhaṃ idha pañcasikkhā karitvā
Paṭipajjitvā tathāgatassa dhamme
Dve patham agamāsim coramajjhe
Te maṃ tattha vadiṃsu bhogahetu 17
Ettakam idaṃ anussarāmi kusalaṃ
Tato paraṃ na me vijjati aññaṃ
Tena sucaritena kammunāhaṃ
Upapanno tidivesu kāmakāmī 18
Passa khaṇamuhuttasaññamassa
Anudhammapaṭipattiyā vipākaṃ
Jalam iva yasasā pekkhamānā
Bahūkāmā pi hayanti hīnadhammā 19
Passa katipayāya desanāya
Sugatiñ c'amhi gato sukhañ ca patto
Ye ca te satatañ ca suṇanti dhammaṃ
Maññe te amataṃ phusanti khemaṃ 20
Appakam pi kataṃ mahāvipākaṃ
Vipulaṃ hoti tathāgatassa dhamme
Passa katapuññatāya Chatto
Obhāsati pathaviṃ yathāpi suriyo 21
Kim idaṃ kusalaṃ kim ācarema
Icc eke hi samecca mantayanti
Te mayaṃ puna deva laddhā mānussattaṃ
Paṭipannā vicāremu sīlavanto 22
Bahukārom anukampako ca me satthā
Iti me sati agamā divādivassa
Svāhaṃ upagatomhi saccanāmaṃ
Anukampassu puna pi suṇomi dhammaṃ 23
Ye 'dha pajahanti kāmarāgaṃ

Bhavarāgānussayañ ca pahāya moham
Na ca te upenti gabbhaseyyaṃ
Parinibbānagatā hi sītibhūtā ti 24

Chatta-māṇavaka-vimānaṃ tatiyaṃ

54

Uccam idaṃ maṇithūṇaṃ vimānaṃ
Samantato dvādasa yojanāni
Kūṭāgārā satta satā uḷārā
Veḷuriyatthambā rucikatthatā subhā 1
Tatthacchasi pivasi khādasī ca
Dibbā ca vīṇā pavadanti vaggu
Dibbā rasā kāmaguṇettha pañca
Nāriyo ca naccanti suvaṇṇachannā 2
Kena te tādiso vaṇṇo kena te idham ijjhati
Uppajjanti ca te bhogā ye keci manaso piyā 3
Pucchāmi taṃ deva mahānubhāva
Manussabhuto kiṃ akāsi puññaṃ
Kenāsi evaṃ jalitānubhavo
Vaṇṇo ca te sabbadisā pabhāsatīti 4
So devaputto attamano Moggallānena pucchito
Pañham puttho viyākasi yassa kammass' idaṃ phalaṃ 5
Sati samuppādakaro dvāre kakkaṭako ṭhito
Niṭṭhito jātarūpassa sobhati dasapādako 6
Tena me tādiso vaṇṇo . . . pe . . .
Vaṇṇo ca me sabbadisā pabhāsatīti 7

Kakkaṭa-rasa-dāyaka-vimānaṃ catutthaṃ

55

Itaraṃ pañca-vimānam yathā kakkaṭa-vimānaṃ tathā vitthāretabbam. [That is to say, 54 to be repeated five times, reading for verse 6 respectively each of the following verses.]

Dibbaṃ mama vassasahassam āyu
Vācābhigītaṃ manasā pavattitaṃ
Ettāvatā ṭhassati puññakammo
Dibbehi kāmehi ca samaṅgibhūto

Dvāra-pālaka-vimānaṃ pañcamaṃ

56

Karaṇiyāni puññani
Paṇḍitena vijānatā
Samaggatesu buddhesu
Yattha dinnaṃ mahapphalaṃ
Atthāya vata me buddho
Araññā gāmam āgato
Tattha cittaṃ pasādetvā
Tāvatiṅsūpago ahaṃ

Karaṇīya-vimānaṃ chattaṃ.

57

Karaṇīyāni puññāni
Paṇḍitena vijānatā
Samaggatesu bhikkhūsu
Yattha dinnaṃ mahapphalaṃ
Atthāya vata me bhikkhū
Araññā gāmam āgatā
Tattha cittaṃ pasādetvā
Tāvatiṅsūpago ahaṃ

Dutiya-karaṇīya-vimānaṃ sattamaṃ

58

Yaṃ dadāti na taṃ hoti
Yañ c'eva dajjā tañ c'eva seyyo
Sūcidinnā sūcim eva seyyo

Sūci-vimānaṃ aṭṭhamaṃ

59

Ahaṃ manussesu manussabhūto
Purimāya jātiyā manussaloke
Addasaṃ virajaṃ bhikkhuṃ
Vippasannam anāvilaṃ
Tassa adāsahaṃ sūciṃ
Pasanno sakehi pāṇibi

Dutiya-sūci-vimānaṃ navamaṃ

60

Susukkakhandhaṃ abhiruyha nāgaṃ
Akācinaṃ dantibaliṃ mahājavaṃ
Āruyha gajaṃ pavaraṃ sukappitaṃ
Idhāgamā vehāsayam antalikkhe 1

Nāgassa dantesu duvesu nimmitā
Acchodakā paduminiyo suphullā
Padumesu ca turiyagaṇā pavajjare
Imā ca naccanti manoharāyo 2
Deviddhipatto si mahānubhāvo
Manussabhūto kim akāsi puññaṃ
Kenāsi evaṃ jalitānubhāvo
Vaṇṇo ca te sabbadisā pabhāsatīti 3
So devaputto attamano . . . pe . . . yassa kammassidaṃ phalaṃ 4
Aṭṭheva muttapupphāni Kassapassa mahesino
Thūpasmiṃ abhiropesiṃ pasanno sakehi pāṇihi 5
Tena me tādiso vaṇṇo . . . pe . . .
Vaṇṇo ca me sabbadisā pabhāsatīti 6

Nāga-vimānaṃ dasamaṃ

61

Mahantaṃ nāgaṃ abhiruyha sabbasetaṃ gajuttamaṃ
Vanā vanaṃ anupariyāsi nārīgaṇapurakkhato
Obhāsento disā sabbā osadhī viya tārakā 1
Kena te tādiso vaṇṇo . . . pe . . .
Vaṇṇo ca te sabbadisā pabhāsatīti 2, 3
So devaputto attamano . . . pe . . .
Yassa kammassidaṃ phalaṃ 4
Ahaṃ manussesu manussabhūto
Upāsako cakkhumato ahosiṃ
Pāṇātipātā virato ahosiṃ
Loke adinnaṃ parivajjayissaṃ 5
Amajjapo no ca musā abhāṇiṃ
Sakena dārena ca tuṭṭho ahosiṃ
Annañ ca pānañ ca pasannacitto
Sakkaccaṃ dānaṃ vipulaṃ adāsiṃ 6
Tena me tādiso vaṇṇo . . . pe . . .
Vaṇṇo ca me sabbadisā pabhāsatīti 7

Dutiya-nāga-vimānaṃ ekādasamaṃ.

62

Ko nu dibbena yānena sabbasetena hatthinā
Turiyatāḷitanigghoso antalikkhe mahiyyati 1
Devatā nu si gandhabbo ādu Sakko purindado

Ajānantā taṃ pucchāma kathaṃ jānemu taṃ mayan ti 2
N'amhi devo na gandhabbo nāpi Sakko purindado
Suddhammā nāma ye devā tesaṃ aññataro ahan ti 3
Pucchāma deva Sudhamma puthuṃ katvāna añjaliṃ
Kiṃ katvā mānuse kammaṃ Sudhammaṃ upapajjasīti 4
Ucchāgāraṃ tiṇâgāraṃ vatthâgarañ ca yo dade
Tiṇṇaṃ aññataraṃ datvā Sudhammaṃ upapajjatīti 5

Tatiya-nāga-vimānaṃ dvādasamaṃ

63

Daḷhadhammanisārassa dhanuṃ olubbha tiṭṭhasi
Khattiyo nu si rājañño ādu luddho vanācaro ti 1
Assakādhipatissāhaṃ bhante putto vane caro
Nāmaṃ me bhikkhu te brūmi Sujāto iti maṃ vidū 2
Mige gavesamāno 'haṃ ogāhanto brahāvanaṃ
Migaṃ gantvera nādakkhiṃ tañ ca disvā ahaṃ ṭhito 3
Svāgatan te mahāpuñña atho te adurāgataṃ
Etto udakam ādāya pāde pakkhālayassu te 4
Idaṃ pi pāniyaṃ sītaṃ ābhataṃ girigabbharā
Rājaputta tato pitvā santhatasmiṃ upāvisāti 5
Kalyāṇī vata te vācā savanīyā mahāmuni
Neḷā atthavatī vaggū mantā atthañ ca bhāsasi 6
Kā te rati vane viharato
Isinisabha vadehi puṭṭho
Tava vacanapathaṃ nisāmayitvā
Atthadhammapadaṃ samācaremase ti 7
Ahiṃsā sabbapāṇinaṃ kumārambhākaṃ ruccati
Theyyā ca aticārā ca majjapānā ca ārati 8
Ārati samacariyā ca bāhusaccaṃ kataññutā
Diṭṭhe 'va dhamme pāsaṃsā dhammā ete pasaṃsiyā ti 9
Santike maraṇaṃ tuyhaṃ oraṃ māsehi pañcahi
Rājaputta vijānāhi attānaṃ parimocayāti 10
Katamaṃ svāhaṃ janapadaṃ gantvā kiṃ kammaṃ kiñci porisaṃ
Kāya vā pana vijjāya bhaveyyaṃ ajarāmaro ti 11
Na vijjate hi so deso kammaṃ vijjā ca porisaṃ
Yattha gantvā bhave macco rājaputt' ajarāmaro 12
Mahaddhanā mahābhogā raṭṭhavanto pi khattiyā
Pahūtadhanadhaññāse na te pi ajarāmarā 13

Yadi te sutā Andhakaveṇhaputtā
Sūrā vīrā vikkantappahārino
Te pi āyukkhayaṃ pattā
Viddhastā sassatī samā 14
Khattiyā brāhmaṇā vessā suddā caṇḍāla-pukkusā
Ete c'aññe ca jātiyā te pi na ajarāmarā 15
Ye mantaṃ parivattenti chaḷaṅgaṃ brahmacintitaṃ
Ete c'aññe ca vijjā ca te pi na ajarāmarā 16
Isayo cāpi ye santā saññatattā tapassino
Sarīraṃ te pi kālena vijahanti tapassino 17
Bhāvitattā pi arahanto katakiccā anāsavā
Nikkhipanti imaṃ dehaṃ puññapāpaparikkhayā 18
Subhāsitā atthavatī gāthāyo te mahāmuni
Nijjhattomhi subhaṭṭhena tvaṃ ca me saraṇaṃ bhavāti 19
Mā maṃ tvaṃ saraṇaṃ gaccha tam eva saraṇaṃ vaja
Sakyaputtaṃ mahāvīraṃ yam ahaṃ saraṇaṃ gato ti 20
Katarasmiṃ so janapade satthā tumhāka mārisa
Aham pi daṭṭhuṃ gacchissaṃ jinaṃ appaṭipuggalan ti 21
Puratthimasmiṃ janapade Okkākakulasambhavo
Satthā pi purisājañño so ca kho parinibbuto ti 22
Sace hi buddho tiṭṭheyya satthā tumhāka mārisa
Yojanāni sahassāni gaccheyyaṃ payirupāsituṃ 23
Yato ca kho parinibbuto satthā tumhāka mārisa
Parinibbutaṃ mahāvīraṃ gacchāmi saraṇaṃ ahaṃ 24
Upemi saraṇaṃ buddhaṃ dhammaṃ cāpi anuttaraṃ
Saṃghañ ca naradevassa gacchāmi saraṇaṃ ahaṃ 25
Pāṇātipātā viramāmi khippaṃ
Loke adinnaṃ parivajjayāmi
Amajjapo no ca musā bhaṇāmi
Sakena dārena ca homi tuṭṭho ti 26
Sahassaraṃsīva yathā mahappabho
Disaṃ yathā bhāti nabhe anukkamaṃ
Tathappakāro tavayaṃ mahā ratho
Samantato yojanasatam āyato 27
Suvaṇṇapaṭṭehi samantam onaṭo
Urassa muttāhi maṇīhi cittito
Lekhā suvaṇṇassa ca rūpiyassa ca
Sobhanti veḷuriyamayā sunimmitā 28

Sīsañ c'idaṃ veḷuriyassa nimmitaṃ
Yugañ c'idaṃ lohitakāya cittitaṃ
Yuttā suvaṇṇassa ca rūpiyassa ca
Sobhanti assā pi c'i'me manojavā 29
So tiṭṭhasi hemarathe adhiṭṭhito
Devānaṃ indo va sahassavāhano
Pucchāmi tāhaṃ Yasavanta kovidaṃ
Kathaṃ tayā laddho ayaṃ uḷāro ti 30
Sujāto nām' ahaṃ bhante rājaputto pure ahuṃ
Tañ ca maṃ anukampāya saññamasmiṃ nivesayi 31
Khīṇāyukañ ca maṃ ñatvā sarīraṃ pādāsi satthuno
Imaṃ Sujāta pūjehi taṃ te atthaya hehiti 32
Tāhaṃ gandhehi mālehi pūjayitvā samuyyuto
Pahāya mānusaṃ dehaṃ uppapannomhi Nandano 33
Nandane pavane ramme nānādijagaṇāyute
Ramāmi naccagītehi accharāhi purakkhato ti 34

Cūla-ratha-vimānaṃ terasamaṃ

64

Sahassayuttaṃ hayavāhanaṃ subhaṃ
Āruyhimaṃ sandananekacittaṃ
Uyyānabhūmiṃ abhito anukkamaṃ
Purindado bhūtapatī va Vāsavo 1
Sovaṇṇamayā te rathakubbarā ubho
Phalehi aṃsehi atīva saṃgatā
Sujātagumbā naravīraniṭṭhitā
Virocati paṇṇarase va cando 2
Suvaṇṇajālāvitato ratho ayaṃ
Bahūhi nānāratanehi cittito
Sunandighoso ca subhassaro ca
Virocati cāmarahatthabāhuhi 3
Imā ca nābhyo manasābhi nimmitā
Rathassa pādantaramajjhabhūsitā
Imā ca nābhyo satarājicittitā
Sateritā vijjur ivappabhāsare 4
Anekacittāvitato ratho ayaṃ
Puthū ca nemī ca sahassaraṃsiyo
Tesaṃ saro suyyati vaggurūpo
Pañcaṅgikaṃ turiyam ivappavāditaṃ 5

Sirasmiṃ cittaṃ maṇisandakappitaṃ
Sadā visuddhaṃ ruciraṃ pabhassaraṃ
Suvaṇṇarājīhi atīva saṃgataṃ
Veḷuriyarājīhi atīva sobhati 6
Ime ca balī maṇisandakappitā
Ārohakambū sujavā brahmūpamā
Brahā mahantā balino mahājavā
Mano tav' aññāya tath' eva siṃsare 7
Ime ca sabbo sahitā catukkamā
Mano tav' aññāya tath' eva siṃsare
Samaṃ vahanti mudukā anuddhatā
Āmodamānā turagānam uttamā 8
Dhunanti vattanti pavattanti ambare
Abbhuddhanantā sukate pilandhane
Tesaṃ saro suyyati vaggurūpe
Pañcaṅgikaṃ turiyam iva ppavāditaṃ 9
Rathassa ghoso apilandhanāni
Khurassa nādī abhisaṃsanāya ca
Ghoso suvaggū samitassa suyyati
Gandhabbaturiyāni vicitrasavane 10
Rathe ṭhitā tā mitamandalocanā
Āḷārapamhā hasitā piyaṃvadā
Veḷuriyajālā Vinatā tanucchavā
Sadeva gandhabbasuraggapūjitā 11
Rattā rattambarapītavāsasā
Visālanettā abhirattalocanā
Kulesu jātā sutanū suvimhitā
Rathe ṭhitā pañjalikā upaṭṭhitā 12
Kākambukā yuradharā suvavāsasā
Sumajjhimā ūruthanopapannā
Vaṭṭaṅguliyo sukhumukhā sudassanā
Rathe ṭhitā pañjalikā upaṭṭhitā 13
Aññāsu veṇisu sumissakesiyo
Samaṃ vibhattāhi pabhassarāhi ca
Anupubbatā tā tava mānaso ratā
Rathe ṭhitā pañjalikā upaṭṭhitā 14
Āveḷiniyo padumuppalacchadā
Alaṅkatā candanasāravositā

Anupubbatā tā tava mānaso ratā
Rathe ṭhitā pañjalikā upaṭṭhitā 15
Tā māliniyo padumuppalacchadā
Alaṅkatā candanasāravositā
Anupubbatā tā tava mānase ratā
Rathe ṭhitā pañjalikā upaṭṭhitā 16
Kaṇṭhesu tava yāni pilandhanāni ca
Hatthesu pādesu tatheva sīse
Obhāsayanti dasa sabbato disā
Abbhuddayaṃ sāradiko va bhānumā 17
Vātassa vegena ca sampakampitā
Bhujesu mālā apilandhanāni ca
Muñcanti ghosaṃ ruciraṃ suciṃ subhaṃ
Sabbehi viññūhi susattarūpaṃ 18
Uyyānabhumyā ca duhatthato ṭhitā
Rathā ca nāgā turiyāni vāsaro
Tam eva devinda pamodayanti
Viṇā yathā pokkharapattabāhuhi 19
Imāsu viṇāsu bahūsu vaggusu
Manuññarūpāsu hadayeritam pi taṃ
Pavajjamānāsu atīva accharā
Bhamanti kaññā padumesu sikkhitā 20
Yathā ca gītāni ca vāditani ca
Naccāni c'imāni samenti ekato
Athettha naccanti athettha accharā
Obhāsayanti ubhato va rattiyā 21
So modasi turiyagaṇappabodhano
Mahīyamāno Vajirāvudho riva
Imāsu viṇāsu bahūsu vaggūsu
Manuññarūpāsu hadayeritam pi taṃ 22
Kiṃ tvaṃ pure kammam akāsi attanā
Manussabhūto purimāya jātiyā
Uposathaṃ kiṃ vā tuvaṃ upāvisi
Kiṃ dhammacariyaṃ vatam ābhirocasi 23
Nayidaṃ appassa katassa kammuno
Pubbe suciṇṇassa uposathassa vā
Iddhānubhāvo vipulo ayaṃ tava
Yaṃ devasaṃghaṃ abhirocase bhusaṃ 24

Dānassa te idaṃ phalaṃ atho sīlassa vā pana
Atho añjalikammassa taṃ me akkhāhi pucchito 25
So devaputto attamano Moggallānena pucchito
Pañhaṃ puṭṭho viyākāsi yassa kammassidaṃ phalaṃ 26
Jitindriyaṃ buddhaṃ anomanikkamaṃ
Naruttamaṃ Kassapaṃ aggapuggalaṃ
Apāpurantaṃ amatassa dvāraṃ
Devātidevaṃ satapuññalakkhaṇaṃ 27
Tam addasaṃ kuñjaraṃ oghatiṇṇaṃ
Suvaṇṇasiṅginadabimbasādisaṃ
Disvāna taṃ khippam ahuṃ sucimano
Tam eva disvāna subhāsitaddhajaṃ 28
Tam annapānaṃ athavāpi cīvaraṃ
Sūciṃ paṇītaṃ rasasā upetaṃ
Pupphābhikiṇṇambi sake nivāsane
Patiṭṭhapesiṃ sa-asaṃgamānaso 29
Tam annapānena ca cīvarena ca
Khajjena bhojjena ca sāyanena ca
Santappayitvā dipadānam uttamaṃ
So saggaso devapure ramām'ahaṃ 30
Etenupāyena imaṃ niraggalaṃ
Yaññaṃ yajitvā tividhaṃ visuddhaṃ
Pahāyahaṃ mānussakaṃ samussayaṃ
Indasamo devapure ramām'ahaṃ 31
Āyuñ ca vaṇṇañ ca sukhaṃ balañ ca
Paṇītaṃ rūpaṃ abhikaṅkhatā muni
Annañ ca pāṇañ ca bahuṃ susaṃkhataṃ
Patiṭṭhāpetabbam asaṃgamānaso 32
Imasmiṃ loke parasmiṃ vā pana
Buddhena seṭṭho ca samo na vijjati
Āhuneyyānaṃ paramāhutiṃ gato
Puññatthikāna vipulapphalesinan ti 33

Mahā-ratha-vimānaṃ cuddasamaṃ

Uddānaṃ—

Maṇḍūko revati chatto kakkaṭo dvārapālako
Dve karaṇīyā dve sūcī tayo nāgā ca dve rathā
Purisānaṃ pañcamo vaggo ti pavuccatīti.

Bhāṇavāraṃ tatiyaṃ

PĀYĀSI-VAGGO CHAṬṬHO.

65

Yathā vanaṃ Cittalataṃ pabhāsati
Uyyānaseṭṭham tidasānam uttamaṃ
Tathūpamaṃ tuyham idaṃ vimānaṃ
Obhāsayaṃ tiṭṭhati antalikkhe 1
Deviddhipatto si mahānubhāvo
Manussabhūto kiṃ akāsi puññaṃ
Kenāsi evaṃ jalitānubhāvo
Vaṇṇo ca te sabbadisā pabhāsatīti 2
So devaputto attamano Moggallanena pucchito
Pañhaṃ puṭṭho viyākāsi yassa kammassidaṃ phalaṃ 3
Ahañ ca bhariyā ca manussaloke
Opanabhūtā gharam āvasimhā
Annañ ca pānañ ca pasannacittā
Sakkacca dānaṃ vipulaṃ adamha 4
Tena me tādiso vaṇṇo . . . pe . . .
Vaṇṇo ca me sabbadisā pabhāsatīti 5
Agāriya-vimānaṃ paṭhamaṃ

66

Yathā vanaṃ Cittalataṃ pabhāsati
Uyyānaseṭṭham tidasānam uttamaṃ
Tathūpamaṃ tuyham idaṃ vimānaṃ
Obhāsayaṃ tiṭṭhati antalikkhe 1
Deviddhipatto si mahānubhāvo
Manussābhūto kim akāsi puññaṃ
Kenāsi evaṃ jalitānubhāvo
Vaṇṇo ca te sabbadisā pabhāsatīti 2
So devaputto attamanā . . . pe . . . yassa kammasi-
daṃ phalaṃ 3
Ahañ ca bhariyā ca manussaloke
Opānabhūtā gharam āvasimha
Annañ ca pānañ ca pasannacittā

Sakkacca dānaṃ vipulaṃ adamha 4
Tena me tādiso vaṇṇo . . . pe . . .
Vaṇṇo ca me sabbadisā pabhāsatī ti 5

Dutiya-agāriya vimānaṃ dutiyaṃ

67

Uccam idaṃ maṇithūṇaṃ vimānaṃ
Samantato soḷasa yojanāni
Kūṭāgārā satta satā uḷārā
Veḷuriyatthambhā rucikatthatā subhā 1
Tatthacchasi pivasi khādasī ca
Dibbā ca vīṇā pavadanti vaggū
Aṭṭhaṭṭhakā sikkhitā sādhurūpā
Dibbā ca kaññā tidasā varā uḷārā
Naccanti gāyanti pamodayanti 2
Deviddhipatto si mahānubhāvo
Manussabhūto kim akāsi puññaṃ
Kenāsi evaṃ jalitānubhāvo
Vaṇṇo ca te sabbadisā pabhāsatīti 3
So devaputto attamano Moggallānena pucchito
Pañhaṃ puṭṭho viyākāsi yassa kammassidaṃ phalaṃ 4
Phaladāyī phalaṃ vipulaṃ labhati
Dadam ujugatesu pasannamānaso
So hi modati saggappatto tidive
Anubhoti ca puññaphalaṃ vipulaṃ
Tathevahaṃ mahāmuni adāsiṃ caturo phale 5
Tasmā hi phalaṃ alam eva dātum
Niccaṃ manussena sukhatthikena
Dibbāni vā patthayatā sukhāni
Manussasobhāgyatam icchatā vā ti 6
Tena me tādiso vaṇṇo . . . pe . . .
Vaṇṇo ca me sabbadisā pabhāsatīti 7

Phala-dāyaka-vimānaṃ tatiyaṃ

68

Cando yathā vigatavalāhako nabhe
Obhāsayaṃ gacchati antalikkhe
Tathūpamaṃ tuyham idaṃ vimānaṃ
Obhāsayaṃ tiṭṭhati antalikkhe 1
Deviddhipatto si mahānubhāvo

Manussabhūto kim akasi puññaṃ
Kenāsi evaṃ jalitānubhāvo
Vaṇṇo ca te sabbadisā pabhāsatīti 2
So devaputto attamano . . . pe . . . yassa kammassidaṃ
phalaṃ
Ahañ ca bhariyā ca manussaloke
Upassayaṃ arahato adamha 4
Annañ ca pānañ ca pasannacittā
Sakkacca dānaṃ vipulaṃ adamha 5
Tena me tādiso vaṇṇo . . . pe . . .
Vaṇṇo ca me sabbadisā pabhāsatīti 6
Upassaya-dāyaka-vimānaṃ catutthaṃ

69

Suriyo yathā vigatavalāhake nabhe . . . pe
(Yathā heṭṭhā vimānaṃ tathā vitthāretabbaṃ). . . . 1-5
Vaṇṇo ca me sabbadisā pabhāsatīti
Dutiya-upassaya-dāyaka-vimānaṃ pañcamaṃ

70

Uccam idaṃ maṇithūṇaṃ vimānaṃ
Samantato dvādasa yojanāni
Kuṭāgārā sattarasā uḷārā
Veḷuriyatthambhā rucikatthatā subhā 1
Deviddhipatto si mahānubhāvo . . . pe . . .
Vaṇṇo ca te sabbadisā pabhāsatīti 2
So devaputto attamano . . . pe . . . yassa kammassidaṃ
phalaṃ 3
Aham manussesu manussabhūto
Disvāna bhikkhuṃ tasitam kilantaṃ
Ekāhaṃ bhikkhaṃ paṭipādayissaṃ
Samaṅgibhattena tadā adāsiṃ 4
Tena me tādiso vaṇṇo . . . pe . . .
Vaṇṇo ca me sabbadisā pabhāsatīti 5
Bhikkhā-dāyaka-vimānaṃ chaṭṭaṃ

71

Uccam idaṃ maṇithūṇaṃ vimānaṃ . . . pe . . .
Vaṇṇo ca te sabbadisā pabhāsatīti 1, 2

So devaputto attamano . . . pe . . . yassa kammassidaṃ
phalaṃ 3
Ahaṃ manussesu manussabhūto ahosiṃ yavapālako
Addasaṃ virajaṃ bhikkhuṃ vippasannam anāvilaṃ 4
Tassa adāsiṃ kummāsaṃ pasanno sakehi pāṇīhi
Kummāsapiṇḍaṃ datvāna modāmi Nandane vane 5
Tena me tādiso vaṇṇo . . . pe . . .
Vaṇṇo ca me sabbadisā pabhāsatīti 6
Yava-pālaka-vimānaṃ sattamaṃ

72

Alaṅkato malyadharo suvattho
Sukuṇḍalī kappitakesamassu
Āmuttahatthābharaṇo yasassī
Dibbe vimānamhi yathāpi candimā 1
Dibbā ca vīṇā pavadanti vaggū
Aṭṭhaṭṭhakā sikkhitā sādhurūpā
Dibbā ca kaññā tidasavarā uḷārā
Naccanti gāyanti pamodayanti 2
Deviddhipatto si mahānubhāvo
Manussabhūto kim akāsi puññaṃ
Kenāsi evaṃ jalitānubhāvo
Vaṇṇo ca te sabbadisā pabhāsatīti 3
So devaputto attamano . . . pe . . . yassa kammassidaṃ
phalaṃ 4
Ahaṃ manussesu manussabhūto
Disvāna samaṇe sīlavante
Sampannavijjācaraṇe yasassī
Bahussutte taṇhakkhayūpapanne
Annañ ca pānañ ca pasannacitto
Sakkacca dānaṃ vipulaṃ adāsiṃ 5
Tena me tādiso vaṇṇo . . . pe . . .
Vaṇṇo ca me sabbadisā pabhāsatīti 6
Kuṇḍalī-vimānaṃ aṭṭhamaṃ

73

Alaṅkato malyadharo suvattho
Sukuṇḍalī kappitakesamassu

Āmuttahatthābharaṇo yasassī . .
Dibbe vimānamhi yathāpi candimā 1
Dibbā ca vīṇā pavadanti vaggū
Aṭṭhaṭṭhakā sikkhitā sādhu rūpā
Dibbā ca kaññā tidasavarā uḷārā
Naccanti gāyanti pamodayanti 2
Deviddhipatto si mahānubhāvo
Manussabhūto kim akāsi puññaṃ
Kenāsi evaṃ jalitānubhāvo
Vaṇṇo ca te sabbadisā pabhāsatīti 3
So devaputto attamano . . . pe . . . yassa kammassidaṃ
phalaṃ 4
Ahaṃ manussesu manussabhūto
Disvāna samaṇe sādhurūpe
Sampannavijjācaraṇe yasassī
Bahussute taṇhakkhayūpapanne 5
Annañ ca pānañ ca pasannacitto
Sakkacca dānaṃ vipulaṃ adāsiṃ
Tena me tādiso vaṇṇo . . . pe . . .
Vaṇṇo ca me sabbadisā pabhāsatīti 6

Dutiya-kuṇḍali-vimānaṃ navamaṃ

74

Yā devarājassa sabhā Sudhammā
Yatthacchati devasaṃgho samaggo
Tathūpamaṃ tuyhaṃ idaṃ vimānaṃ
Obhāsayaṃ tiṭṭhati antalikkhe 1
Deviddhipatto si mahānubhāvo
Manussabhūto kim akāsi puññaṃ
Kenāsi evaṃ jalitānubhāvo
Vaṇṇo ca te sabbadisā pabhāsatīti 2
So devaputto attamano . . . pe . . . yassa kammassidaṃ
phalaṃ 3
Ahaṃ manussesu manussabhūto
Rañño Pāyāsissa ahosi māṇavo
Laddhā dhanaṃ saṃvibhāgaṃ akāsiṃ
Piyā ca me sīlavanto ahesuṃ 4
Annañ ca pānañ ca pasannacitto
Sakkacca dānaṃ vipulaṃ adāsiṃ 5

Tena me tādiso vaṇṇo . . . pe . . .
Vaṇṇo ca me sabbadisā pabhāsatīti 6

Uttara-vimānaṃ dasamaṃ

Uddānaṃ—

Dve agārino phaladāyi, dve upassayadāyi bhikkhaya dāyi
Yavapālako ceva dve kuṇḍalīno pāyāsiti

Chaṭṭo vaggo.

SUNIKKHITTA-VAGGO SATTAMO.

75

Yathâvanaṃ Cittalataṃ pabhāsati
Uyyānaseṭṭhaṃ tidasānam uttamaṃ
Tathūpamaṃ tuyham idaṃ vimānaṃ
Obhāsayāṃ tiṭṭhati antalikkhe 1
Deviddhipatto si mahānubhāvo
Manussabhūto kim akāsi puññaṃ
Kenasi evaṃ jalitānubhāvo
Vaṇṇo ca te sabbadisā pabhāsatīti 2
So devaputto attamano . . . pe . . . yassa kammassidaṃ phalaṃ 3
Ahaṃ manussesu manussabhūto
Daliddo atāṇo kapaṇo kammakaro ahosiṃ
Jinne ca mātâpitaro abhariṃ
Piyā ca me silavanto ahesuṃ 4
Annañ ca panañ ca pasannacitto
Sakkacca dānaṃ vipulaṃ adāsiṃ
Tena me tādiso vaṇṇo . . . pe . . .
Vaṇṇo ca me sabbadisā pabhāsatīti 5

Cittalatā-vimānaṃ paṭhamaṃ

76

Yathā vanaṃ nandanaṃ Cittalatam pabhāsati

[The same words as in verse 75, 5 stanzas.]

Nandana-vimānaṃ dutiyaṃ

77

Uccam idaṃ maṇithūṇaṃ vimānaṃ
Samantato dvādasa yojanāni
Kūṭāgārā sattarasā uḷārā
Veḷuriyatthambhā rucikatthatā subhā 1
Tatthacchasi pivasi khādasi ca
Dibbā ca vīṇā pavadanti vaggū

Dibbā rasā kāmaguṇettha pañca
Nāriyo ca naccanti suvaṇṇachannā 2
Kena te tādiso vaṇṇo . . . pe . . .
Vaṇṇo ca te sabbadisā pabhāsatīti 3
So devaputto attamano . . . pe . . . yassa kammassidaṃ
phalaṃ 4
Ahaṃ manussesu manussabhūto
Vivane pathe caṅkamaṃ akāsiṃ
Ārāmarukkhāni ca ropayissaṃ
Piyā ca me sīlavanto ahesuṃ 5
Annañ ca pānañ ca pasannacitto
Sakkacca dānaṃ vipulaṃ adāsiṃ
Tena me tādiso vaṇṇo . . . pe . . .
Vaṇṇo ca me sabbadisā pabhāsatīti 6

Maṇithūṇa-vimānaṃ tatiyaṃ

78

Sovaṇṇamaye pabbatasmiṃ vimānaṃ sabbato pabhaṃ
Hemajālapaṭicchannaṃ kiṅkiṇikajālakappitaṃ 1
Aṭṭhaṅsā sukatā thambhā sabbe veḷuriyāmayā
Ekamekāya aṅsiyā ratanā satta nimmitā 2
Veḷuriyasuvaṇṇassa phalikārūpiyassa ca
Masāraggalamuttāhi lohitaṅkamaṇīhi ca 3
Citrā manoramā bhūmi na tatth' uddhaṃsate rajo
Gopāṇasī gaṇāpītā kūṭam dhārenti nimmitā 4
Sopānāni ca cattāri nimmitā caturo disā
Nānāratanagabbhehi ādicco va virocati 5
Vedikā catasso tattha vibhattā bhāgaso mitā
Daddaḷhamānā ābhanti samantā caturo disā 6
Tasmiṃ vimāne pavare devaputto mahappabho
Atirocasi vaṇṇena udayanto va bhānumā 7
Dānassa te idaṃ phalaṃ atho sīlassa vā pana
Atho añjalikammassa taṃ me akkhāhi pucchito ti 8
So devaputto attamano Moggallānena pucchito
Pañham puṭṭho viyākāsi yassa kammassidaṃ phalaṃ 9
Ahaṃ Andhakavindasmiṃ Buddhass' ādiccabandhuno
Vihāraṃ satthu kāresiṃ pasanno sakehi pāṇihi 10
Tattha gandhañ ca mālañ ca paccayañ ca vilepanaṃ

Vihāraṃ satthu pādāsiṃ vippasannena cetasā 11
Tena mayhaṃ idaṃ laddhaṃ vasaṃ vattemi Nandane
Nandane pavare ramme nānādijagaṇāyute
Ramāmi naccagītehi accharāhi purakkhato ti 12
Suvaṇṇa-vimānaṃ-catutthaṃ

79

Uccam idaṃ maṇithūṇaṃ vimānaṃ
Samantato dvādasa yojanāni
Kūṭāgārā satta satā uḷārā
Veḷuriyatthambhā rucikatthatā subhā 1
Tatthacchasi pivasi khādasī ca
Dibbā ca vīṇā pavadanti vaggū
Dibbā rasā kāmaguṇettha pañca
Nāriyo naccanti suvaṇṇachannā 2
Kena te tādiso vaṇṇo . . . pe . . .
Vaṇṇo ca te sabbadisā pabhāsatīti 3
So devaputto attamano . . . pe . . . yassa kammassidaṃ phalaṃ 4
Gimhānaṃ pacchime māse patāpente divākare
Paresaṃ bhatako poso ambārāmaṃ asiñc'ahaṃ 5
Atha ten' agamā bhikkhu Sāriputto ti vissuto
Kilantarūpo kāyena akilanto pi cetasā 6
Tañ ca disvāna āyantaṃ avocam ambasiñcako
Sādhu taṃ bhante nhāpeyyaṃ yaṃ mamassa sukhāvahaṃ 7
Tassa me anukampāya nikkhipi pattacīvaraṃ
Nisīdi rukkhamūlasmiṃ chāyāya ekacīvaro 8
Tañ ca acchena vārinā pasannamanaso theraṃ
Nhāpayiṃ rukkhamūlasmiṃ chāyāya ekacīvaraṃ 9
Ambo ca sitto samaṇo nahāpito
Mayā ca puññaṃ pasutaṃ anappakaṃ
Iti so pītiyā kāyam sabbaṃ pharati attano 10
Tadeva ettakaṃ kammaṃ akāsiṃ tāya jātiyā
Pahāya mānusaṃ deham upapannomhi Nandanaṃ 11
Nandane pavane ramme nānādijagaṇāyute
Ramāmi naccagītehi accharāhi purakkhato 12
Amba-vimānaṃ pañcamam

80

Disvāna devaṃ paṭipucchi bhikkhu
Ucce vimānamhi ciraṭṭhitike
Āmuttahatthbhābharaṇo yasassī
Dibbe vimānamhi yathāpi candimā 1
Alaṅkato māladhāri suvattho
Sukundalī kappitakesamassu
Āmutta hatthābharaṇo yasassī
Dibbe vimānamhi yathāpi candimā 2
Dibbā ca viṇā pavadanti vaggu
Aṭṭhaṭṭhakā sikkhitā sādhurūpā
Dibbā ca kaññā tidasavarā uḷārā
Naccanti gāyanti pamodayanti 3
Devīddhipatto si mahānubhāvo
Manussabhūto kiṃ akāsi puññaṃ
Kenāsi evaṃ jalitānubhāvo
Vaṇṇo ca te sabbadisā pabhāsatīti 4
So devaputto attamano . . . pe . . . yassa kammass'-
idaṃ phalaṃ 5
Ahaṃ manussesu manussabhūto
Saṃgamma rakkhissaṃ paresaṃ dhenuyo
Tato ca āgā samaṇo mamantike
Gāvo ca māse agamaṃsu khādituṃ 6
Dvayajjakiccaṃ ubhayañ ca kāriyaṃ
Iccevahaṃ bhante tadā vicintayiṃ
Tato ca saññaṃ paṭiladdhayoniso
Dadāhi bhanteti khipiṃ anantakaṃ 7
So māsakhettaṃ turito avāsariṃ
Purāyaṃ bhañjati yassidaṃ dhanaṃ
Tato ca kaṇho urago mahāviso
Aḍaṃsi pāde turitassa me sato 8
Svāhaṃ aṭṭomhi dukkhena pīḷito
Bhikkhū ca taṃ sāmaṃ bhuñji c'anantakaṃ
Ahosi kummāsaṃ mamānukampāya
Tato cuto kālakatomhi devatā 9
Tadeva kammaṃ kusalaṃ kataṃ mayā
Sukhañ ca kammaṃ anubhomi attanā
Tayā hi bhante anukampito bhusaṃ

Kataññutāya abhivādayāmi taṃ 10
Sadevake loke samārake ca
Añño muni natthi tayānukampako
Tayā hi bhante anukampito bhusaṃ
Kataññutāya abhivādayāmi taṃ 11
Imasmiṃ loke parasmiṃ vā pana
Añño muni natthi tayānukampako
Tayā hi bhante anukampiko bhusaṃ
Kataññutaya abhivādayāmi taṃ ti 12
Gopāla-vimānaṃ chaṭṭhaṃ

81

Puṇṇamāye yathā cando nakkhattaparivārito
Samantā anupariyāti tārakādhipati sasī 1
Tathūpamaṃ idaṃ vyamhaṃ dibbaṃ devapuramhi ca
Atirocati vaṇṇena udayanto va raṃsimā 2
Veḷuriyasuvaṇṇassa phalikārūpiyassa ca
Masāragallamuttāhi lohitaṅkamaṇīhi ca 3
Citrā manoramā bhūmi veḷuriyassa saṇṭhitā
Kūṭāgārā subhā rammā pāsādo te sumāpito 4
Rammā ca te pokkharaṇī puthulā macchasevitā
Acchodakā vippasannā sovaṇṇavālikā santhatā 5
Nānāpadumasaṃchannā puṇḍarīkasamogatā
Surabhi sampavāyanti manuññā māluteritā 6
Tassā te ubhato passe vanagumbā sumāpitā
Upetā puppharukkhehi phalarukkhehi cūbhayaṃ 7
Sovaṇṇapāde pallaṅke muduke goṇasanthate
Nisinnaṃ devarājaṃ va upatiṭṭhanti accharā 8
Sabbābharaṇasaṃchannā nānāmālāvibhūsitā
Ramenti tam mahiddhikaṃ Vasavattī va modasi 9
Bherisaṅkhamudiṅgāhi vīṇāhi paṇavehi ca
Ramasi ratisampanno naccagītesu vādite 10
Dibbā te vividhā rūpā dibbā saddā atho rasā
Gandhā ca te adhippetā phoṭṭhabbā ca manoramā 11
Tasmiṃ vimāne pavare devaputtā mahappabhā
Abhirocasi vaṇṇena udayanto va bhānumā 12
Dānassa te idaṃ phalaṃ atho sīlassa vā pana
Atho añjalikammassa tam me akkhāhi pucchito 13

So devaputto attamano . . . pe . . . yassa kammass'-
idaṃ phalaṃ 14
Ahaṃ Kapilavatthusmiṃ Sākiyānaṃ puruttame
Suddhodanassa puttassa Kanthako sahajo ahuṃ 15
Yadā so aḍḍharattāyaṃ bodhāya abhinikkhami
So maṃ mudūhi pāṇihi jālitambanakhehi ca 16
Satthiṃ ākoṭayitvāna vaha sammātimabravi
Ahaṃ lokaṃ tārayissaṃ patto sambodhim uttamaṃ 17
Tam me giraṃ suṇantassa hāso me vipulo ahu
Udaggacitto sumano abhisiṃsiṃ tadā ahaṃ 18
Abhirūḷhañ ca maṃ ñatvā Sākyaputtaṃ mahāyasaṃ
Uddaggacitto mudito vāhissaṃ purisuttamaṃ 19
Paresaṃ vijitaṃ gantvā uggatasmiṃ divākare
Mamam Channañ ca ohāya anāpekkho apakkami 20
Tassa tambanakhe pāde jivhāya parilehasiṃ
Gacchantañ ca mahāvīraṃ rudamāno udikkhassam 21
Adassanena 'haṃ tassa Sakyaputtasirīmato
Alatthaṃ garukābādhaṃ khippaṃ me maraṇaṃ ahu 22
Tasseva ānubhāvena vimānam āvasām' ahaṃ
Sabbakāmaguṇūpetaṃ dibbaṃ devapurambhi ca 23
Yañ ca me ahu vāhāso saddaṃ sutvāna bodhiyā
Teneva kusalamūlena phusissaṃ āsavakkhayaṃ 24
Sace hi bhante gacchayyāsi satthu buddhassa santike
Mamāpi taṃ vacanena sirasā vajjāsi vandanaṃ 25
Aham pi daṭṭhuṃ gacchissaṃ Jinaṃ appaṭipuggalaṃ
Dullabhaṃ dassanaṃ hoti lokanāthāna tādinan ti 26
So ca kataññū katavedi satthāraṃ upasaṅkami
Sutvā giraṃ cakkhumato dhammacakkhuṃ visodhayi 27
Visodhayitvā diṭṭhigataṃ vicikicchā vatāni ca
Vanditvā satthuno pāde tatthevantaradhāyathāti 28

Kanthaka-vimānaṃ sattamaṃ

82

Anekavaṇṇaṃ darasokanāsanaṃ
Vimānam āruyha anekacittaṃ
Parivārito accharānaṃ gaṇena
Sunimmito bhūtapatī va modasi 1
Samāsamo natthi kuto p'anuttaro
Yasena puññena ca iddhiyā ca

Sabbe ca devā tidasā gaṇā samecca
Taṃ taṃ namassanti sasiṃ va devā 2
Imā ca te accharāyo samantato
Naccanti gāyanti pamodayanti
Deviddhipatto si mahānubhāvo
Manussabhūto kim akāsi puññaṃ 3
Kenāsi evaṃ jalitānubhāvo
Vaṇṇo ca te sabba disā pabhāsatīti 4
So devaputto attamano . . . pe . . . yassa kammass'-
idaṃ phalaṃ 5
So 'haṃ pi bhante ahuvāsi pubbe
Sumedhanāmassa jinassa sāvako
Puthujjano anubodho 'haṃ asmi
So sattavassāni pabbajissāhaṃ 6
Svāhaṃ Sumedhassa jinassa satthuno
Parinibbutass' oghatiṇṇassa tādino
Ratanuccayaṃ hemajālena channaṃ
Vanditva thūpasmiṃ manaṃ pasādayiṃ 7
Na m'āsi dānaṃ na ca pana m'atthi dātuṃ
Pare ca kho tattha samādapesiṃ
Pūjetha naṃ pūjaniyassa dhātuṃ
Evaṃ kira saggam ito gamissatha 8
Tadeva kammaṃ kusalaṃ kataṃ mayā
Sukhañ ca kammaṃ dibbaṃ anubhomi
Modām'ahaṃ tidasagaṇassa majjhe
Na tassa puññassa khayam hi ajjhagāti 9

Anekavaṇṇa-vimānaṃ aṭṭhamaṃ

83

Alaṅkato maṭṭakuṇḍalī
Māladhārī haricandanussado
Bāhā paggayha kandasi
Vanamajjhe kiṃ dukkhito tuvan ti 1
Sovaṇṇamayo pabhassaro
Uppanno rathapañjaro mama
Tassa cakkayugaṃ na vindāmi
Tena dukkhena jahissāmi jīvitan ti 2
Sovaṇṇamayaṃ maṇimayaṃ
Lohitaṅkamayaṃ atha rūpiyamayaṃ

Ācikkha me tvaṃ bhadda māṇava
Cakkayugaṃ paṭilābhayāmi te ti 3
So māṇavo tassa pāvadi
Candimasuriyā ubhayettha dissare
Sovaṇṇamayo ratho mama
Tena cakkayugena sobhatīti 4
Bālo kho tvam asi māṇava
Yo kho tvaṃ patthayasi apatthiyaṃ
Maññāmi tvaṃ marissasi
Na hi tvaṃ lacchasi candimasuriyo ti 5
Gamanāgamanam pi dissati
Vaṇṇadhātu ubhayattha vīthiyā
Peto pana kālakato na dissati
Ko n'idha kandataṃ bālyataro ti 6
Saccaṃ kho vadesi māṇava
Aham eva kandataṃ bālyataro
Candaṃ viya dārako rudaṃ
Petaṃ kālakatabhipatthayan ti 7
Ādittaṃ vata maṃ santaṃ ghatasittaṃ va pāvakaṃ
Vārinā viya osiñcaṃ sabbaṃ nibbāpaye daraṃ 8
Abbūḷhaṃ vata me sallaṃ sokaṃ hadayanissitaṃ
Yo me sokapare tassa puttasokaṃ apānudi 9
Svāhaṃ abbūḷhasallosmi sītibhūtosmi nibbuto
Na socāmi na rodāmi tava sutvāna māṇavāti 10
Devatā nu si gandhabbo ādu Sakko purindado
Ko vā tvaṃ kassa vā putto katham jānemu taṃ mayan ti 11
Yañ ca kandasi yañ ca rodasi
Puttam āḷahane sayam ḍahitvā
Svāhaṃ kusalaṃ karitvā kammaṃ
Tidasānaṃ sahavyataṃ patto ti 12
Appaṃ vā bahuṃ vā na addasāmi
Dānaṃ dadantassa sake agāre
Uposathakammaṃ vā tādisaṃ
Kena kammena gato si devalokan ti 13
Ābādhiko haṃ dukkhito gilāno
Āturarūpo 'mhi sake nivesane
Buddhaṃ vigatarajaṃ vitiṇṇakaṅkhaṃ
Addakkhiṃ sugataṃ anomapaññaṃ 14

Svāhaṃ muditamano pasannacitto
Añjaliṃ akariṃ tathāgatāssa
Tāhaṃ kusalaṃ karitvāna kammaṃ
Tidasānaṃ sahavyataṃ patto 15
[Acchariyaṃ vat' abbhutaṃ vata
Añjalikammassa ayaṃ īdiso vipāko
Aham pi muditamano pasannacito
Ajj' eva Buddhaṃ saraṇaṃ vajāmīti] 15A
Ajjeva buddhaṃ saraṇaṃ vajāhi
Dhammañ ca saṅghañ ca pasannacitto
Tatheva sikkhāya padāni pañca
Akhaṇḍaphullāni samādayassu 16
Pāṇātipātā viramassu khippaṃ
Loke adinnaṃ parivajjayassu
Amajjapo no ca musā bhaṇāhi
Sakena dārena ca hohi tuṭṭho ti 17
Atthakāmo si me yakkha hitakāmo si devate
Karomi tuyhaṃ vacanaṃ tvaṃ si ācariyo mama 18
Upemi buddhaṃ saraṇaṃ dhammañ cāpi anuttaraṃ
Saṅghañ ca naradevassa gacchāmi saraṇam ahaṃ 19
Pāṇātipātā viramāmi khippaṃ
Loke adinnaṃ parivajjayāmi
Amajjapo no ca musā bhaṇāmi
Sakena dārena ca homi tuṭṭho ti 20

Maṭṭakuṇḍali-vimānaṃ navamam

84

Suṇotha yakkassa ca vāṇijāna ca
Samāgamo yattha tadā ahosi
Yathā kathaṃ itaritarena cāpi
Subhāsitaṃ tañ ca suṇātha sabbe 1
Yo so ahu rājā Pāyāsi nāma
Bhummānaṃ sahavyagato yasassi
So modamāno va sake vimāne
Amānuso mānuse ajjhabhāsi ti 2
Vaṅke araññe amanussaṭhāne
Kantāre appodake appabhakkhe
Suduggame vaṇṇupathassa majjhe
Vaṅkambhayā naṭṭhamanā manussā 3

Nayidha phalā mūlamayā ca santi
Upādānaṃ natthi kuto 'dha bhikkhā
Aññatra paṃsūhi ca vālukāhi ca
Tattāhi uṇhāhi ca dāruṇāhi 4
Ujjaṅgalaṃ tattam ivaṃ kapālaṃ
Anāyasaṃ paralokena tulyaṃ
Luddānam āvāsam idaṃ purāṇaṃ
Bhūmippadeso abhisattarūpo 5
Atha tumhe kena nu vaṇṇena
Kāya āsiṃsanāya imaṃ padesaṃ
Anupaviṭṭhā sahasā samecca
Lobhā bhayā atha vā sampamūḷhā ti 6
Maghadesu Aṅgesu ca satthavāhā
Āropiyamha paṇiyaṃ pahūtaṃ
Te yāmase Sindhusovīrabhūmiṃ
Dhanatthikā uddayaṃ patthayānā 7
Divā pipāsaṃ n'adhivāsayantā
Yoggānukampañ ca samekkhamānā
Etena vegena āyāma sabbe
Terattiṃ maggaṃ paṭipannā vikāle 8
Te duppayātā aparaddhamaggā
Andhākulā vippanaṭṭhā arañño
Suduggame vaṇṇupathassa majjhe
Disaṃ na jānāma pamūḷhacittā 9
Idañ ca disvāna adiṭṭhapubbaṃ
Vimānaseṭṭhañ ca tuvañ ca yakkha
Tatuttariṃ jīvitam āsiṃsanā
Disvā patītā sumanā udaggā ti 10
Pāraṃ samuddassa imañ ca vaṇṇuṃ
Vettācaraṃ saṅkupathañ ca maggaṃ
Nadiyo pana pabbatānañ ca duggā
Puthu disā gacchatha bhogahetu 11
Pakkhandiyānaṃ vijitaṃ paresaṃ
Verajjake mānuse pekkhamānā
Yaṃ vo sutaṃ athavāpi diṭṭhaṃ
Accherakaṃ taṃ vo suṇoma tātā ti 12
Ito pi accherataraṃ kumāra
Na no sutam vā athavāpi diṭṭhaṃ

Atītamānussakam eva sabbaṃ
Disvāna tappāma anomavaṇṇaṃ 13
Vehāsayaṃ pokkharañño savanti
Pahūtamālyā bahupuṇḍarikā
Dumā ca te niccaphalūpapannā
Atīva gandhā surabhī pavāyanti 14
Veḷuriyatthambā satam ussitāse
Silappavāḷassa ca āyataṅsā
Masāragallā saha lohitaṅkā
Thambā ime jotirasā mayāse 15
Sahassatthambaṃ atulānubhāvaṃ
Tesuppari sādhum idaṃ vimānaṃ
Ratanattaraṃ kañcanavedimissaṃ
Tapanīyapaṭṭehi ca sādhu channaṃ 16
Jambonaduttattam idaṃ sumaṭṭho
Pāsādasopānaphalūpapanno
Daḷho ca vaggū ca susaṅgato ca
Atīva nijjhānakhamo manuñño 17
Ratanattarasmiṃ bahu annapānaṃ
Parivārito accharāsamgaṇena
Muraja-āḷambaraturiya-saṃghuṭṭho
Abhivandito si thutivandanāya 18
So modasi nārigaṇappabodhano
Vimāna-pāsāda-vare manorame
Acintiyo sabbaguṇūpapanno
Rājā yathā Vessavaṇo nalinyā 19
Devo nu āsi udā hosi yakkho
Udāhu devindo manussabhūto
Pucchanti taṃ vāṇijasatthavāhā
Ācikkha ko nāma tuvaṃ si yakkho ti 20
Serissako nāma ahamhi yakkho
Kantāriyo vaṇṇupathamhi gutto
Imaṃ padesaṃ abhipālayāmi
Vacanakaro Vessavaṇassa rañño ti 21
Adhiccaladdhaṃ pariṇāmajan te
Sayaṃ kataṃ udāhu devehi dinnaṃ
Pucchanti taṃ vāṇijasatthavāhā
Kathaṃ tayā laddham idaṃ manuññaṃ 22

Nādhiccaladdhaṃ na pariṇāmajam me
Na sayaṃ kataṃ na hi devehi dinnaṃ
Sakehi kammehi apāpakehi
Puññehi me laddham idaṃ manuññaṃ 23
Kiṃ te vataṃ kiṃ pana brahmacariyaṃ
Kissa suciṇṇassa ayaṃ vipāko
Pucchanti taṃ vāṇijasatthavāhā
Kathaṃ tayā laddham idaṃ vimānaṃ 24
Mama Pāyāsiti ahu samaññā
Rajjaṃ yadā kārayiṃ Kosalānaṃ
Natthi kudiṭṭhi kadariyo pāpadhammo
Ucchedavādī ca tadā ahosiṃ 25
Samaṇo ca kho āsi Kumārakassapo
Bahussuto cittakathī uḷāro
So me tadā dhammakathaṃ akāsi
Diṭṭhivisūkāni vinodayi me 26
Tāhaṃ tassa dhammakathaṃ suṇitvā
Upāsakattaṃ paṭivedayissaṃ
Pāṇātipātā virato ahosiṃ
Loke adinnaṃ parivajjayissaṃ
Amajjapo no ca musā abhāṇiṃ
Sakena dārena ca homi tuṭṭho 27
Taṃ me vataṃ, taṃ pana brahmacariyaṃ
Tassa suciṇṇassa ayaṃ vipāko
Teheva kammehi apāpakehi
Puññehi me laddham idaṃ vimānaṃ 28
Saccaṃ kirāhaṃsu narā sapaññā
Anaññathā vacanaṃ paṇḍitānaṃ
Yahiṃ yahiṃ gacchati puññakammo
Tahiṃ tahiṃ modati kāmakāmī 29
Yahiṃ yahiṃ sokapariddavo ca
Vadho ca bandho ca parikkileso
Tahiṃ tahiṃ gacchati pāpakammo
Na muccati duggatiyā kadāci 30
Sammūḷharūpo va jano ahosi
Asmiṃ muhutte kalalīkato ca
Janassimassa tuyhañ ca kumāra
Appaccayo kena nu kho ahosi 31

Ime pi sirisapavanā ca tātā
Dibbā ca gandhā surabhī pavanti
Te sampavāyanti idaṃ vimānaṃ
Divā ca ratto ca tamaṃ nihantā 82
Imesañ ca kho vassasataccayena
Sipāṭikā phalanti ekamekā
Mānussakaṃ vassasataṃ atītaṃ
Yadagge kāyamhi idhūpapanno 83
Dibbānahaṃ vassasatāni pañca
Asmiṃ vimānamhi ṭhatvāna tātā
Āyukkhayā puññakkhayā cavissaṃ
Teneva sokena pamucchitosmi 84
Kathaṃ nu soceyya tathāvidho so
Laddhā vimānaṃ atulaṃ cirāya
Ye cāpi kho ittaraṃ upapanno
Te nūna soceyya parittapuññā ti 85
Anucchaviṃ ovadiyañ ca me taṃ
Yaṃ maṃ tumhe peyyavācaṃ vadetha
Tumheva kho tāta mayānuguttā
Yen' icchakaṃ tena paletha sotthin ti 86
Gantvā mayaṃ Sindhusovīrabhūmiṃ
Dhanatthikā uddayapatthayānā
Yathā payogā paripuṇṇacāgā
Kāhāma Serissa mahaṃ uḷāran ti 87
Mā heva Serissa mahaṃ akattha
Sabbañ ca vo bhavissati yaṃ vadetha
Pāpāni kammāni vivajjayātha
Dhammānuyogañ ca adhiṭṭhahāthāti 88
Upāsako atthi imamhi saṃghe
Bahussuto sīlavatūpapanno
Saddho ca cāgī ca supesalo ca
Vicakkhaṇo santusito mutīmā 89
Sañjānamāno na musā bhaṇeyya
Parūpaghātāya na cetayeyya
Vebhūtikaṃ pesuṇaṃ no kareyya
Saṇhañ ca vācaṃ sakhilaṃ bhaṇeyya 4)
Sagāravo sappatisso vinīto
Apāpako adhisīle visuddho

So mātaraṃ pitarañ cāpi jantu
Dhammena poseti ariyavutti 41
Maññe so mātāpitunaṃ hi kāraṇā
Bhogāni pariyesati na attahetu
Mātāpitūnañ ca yo accayena
Nekkhammapoṇo carissati brahmacariyaṃ 42
Ujū avaṅko asatho amāyo
Na lesakappena ca vohareyya
So tādiso sukatakammakārī
Dhamme ṭhito kinti labhetha dukkhaṃ 43
Taṃ kāruṇā pātukatomhi attanā
Tasmā ca maṃ passatha vāṇijā se
Aññatra te na hi bhasmī bhavetha
Andhākulā vippanaṭṭhā araññe
Taṃ khippamānena lahuṃ parena
Sukho have sappurisena saṅgamo ti 44
Kinnāma so kiñ ca karoti kammaṃ
Kiṃ nāmadheyyaṃ kiṃ pana tassa gottaṃ
Mayam pi naṃ datthukāmamha yakkha
Yassānukampāya idhāgato si
Lābhā hi tassa yassa tuvaṃ pi hesīti 45
Yo kappako Sambhavanāmadheyyo
Upāsako kocchabhaṇḍūpajīvī
Jānātha naṃ tumhākaṃ pesasi yo so
Mā ca kho naṃ hīḷittha supesalo so ti 46
Jānāmase yaṃ tvaṃ vadesi yakkha
Na kho taṃ jānāma sa ediso ti
Mayam pi naṃ pūjayissāma yakkha
Sutvāna tuyhaṃ vacanaṃ uḷāran ti 47
Ye ke' imasmiṃ sabbe manussā
Daharā mahantā atha vāpi majjhimā
Sabbeva te ālambantu vimānaṃ
Passantu puññāna phalaṃ kadariyā ti 48
Te tattha sabbeva ahaṃ pureti
Tam kappakaṃ tattha purakkhitvā
Sabbe va te ālambiṃsu vimānaṃ
Masakkasāraṃ viya Vāsavassa 49
Te tattha sabbeva ahaṃ pureti

Upāsakattaṃ paṭivedayitvā
Pāṇatipātā viratā ahesuṃ
Loke adinnaṃ parivajjayiṃsu
Amajjapā no ca musā bhaṇiṃsu
Sakena dārena ahesuṃ tuṭṭhā 50
Te tattha sabbeva ahaṃ pureti
Upāsakattaṃ paṭivedayitvā
Pakkāmi sattho anumodamāno
Yakkhiddhiyā anumato punappunaṃ 51
Gantvāna te Sindhusovīrabhūmiṃ
Dhanatthikā uddaya patthayānā
Yathā payogā paripuṇṇalābhā
Paccāgamuṃ Pāṭaliputtaṃ akkhataṃ 52
Gantvāna te saṃ gharaṃ sotthivanto
Puttehi dārehi samaṅgibhūtā
Ānandacittā sumanā patītā
Akaṃsu Serissa mahaṃ uḷāraṃ
Serissakaṃ pariveṇaṃ māpayiṃsu 53
Etādisā sappurisāna sevanā
Mahiddhiyā dhammaguṇāna sevanā
Ekassa atthāya upāsakassa
Sabbeva sattā sukhitā ahesun ti 54

Serissaka-vimānaṃ dasamaṃ

85

Uccham idaṃ maṇithūṇaṃ vimānaṃ
Samantato dvādasa yojanāni
Kūṭāgārā satta satā uḷārā
Veḷuriyathambhā rucikatthatā subhā 1
Tatthacchasi pivasi khādasi ca
Dibbā ca vīṇā pavadanti vaggū
Dibbā rasā kāmaguṇettha pañca
Nāriyo ca naccanti suvaṇṇachannā 2
Kena te tādiso vaṇṇo kena te idha mijjhati
Uppajjanti ca te bhogā ye keci manaso piyā 3
Pucchāmi taṃ deva mahānubhāva
Manussabhūto kim akāsi puññaṃ
Kenāsi evaṃ jalitānubhāvo
Vaṇṇo ca te sabbadisā pabhāsatīti 4

So devaputto attamano Moggallānena pucchito
Pañhaṃ puṭṭho viyākāsi yassa kammassidaṃ phalaṃ 5
Dunnikkhittaṃ mālaṃ sunikkhipitvā
Patiṭṭhapetvā sugatassa thūpe
Mahiddhiko c'amhi mahānubhāvo
Dibbehi kāmehi samaṅgibhūto 6
Tena me tādiso vaṇṇo tena me idha mijjhati
Uppajjanti ca me bhogā ye keci manaso piyā 7
Tenamhi evaṃ jalitānubhāvo
Vaṇṇo ca me sabbadisā pabhāsatīti 8

Sunikkhitta-vimānaṃ ekādasamaṃ

Uddānaṃ—

Dve daliddā dve vihārā bhatako gopālakanthakā
Anekavaṇṇa-maṭṭakundalī Serissako sunikkhittaṃ
Purisānaṃ sattamo vaggo ti

Bhāṇavāraṃ catutthaṃ.

NOTES.

[In correcting Mr. Gooneratne's manuscript for the press I collated the MS. from the King's Library at Mandalay, and have noted the following various readings. G. refers to the transcript, M. to the MS. If no reference letter is given the reading is that of the MS.—Rh. D.]

---

3. 5 & 4. 5. M. omits padas 1, 2.
3. 5; 4. 6, &c. sehi pāṇihi (always).
5. 2. mālaḍhā.
8. padumānusaṭam.
9. upaddham paddhamālāhaṃ.
12. mahattam. tarinan (for dhār°).
6. 7. bahutta-malyā=7, 7; 8, 7; 9, 7.
8. Tam āsabhānupparIyanti=7, 8; 8, 8.
9. Tassidha=7, 9; 8, 9.
10. omits.
12. omits padas 1, 2.
6. 2 & 10. daddaḷhamānā [and so G. at 78, 6.] G. abhenti=17, 3=44, 10=78, 6.
7. 2. omits.
11. omits padas 1, 2.
8. 12. instead of this verse M. repeats 7, 11 with Buddha for bhikkhu.
9. 3. obhāsate=9, 9.
11. 2. iddhiṃ.
8. instead of this verse M. repeats 9, 10=10, 8.
12. 5. amajjapo no ca . . . ahosi.
7. instead of this verse M. repeats 7, 11.
13. 6. adāsahaṃ.
14. 6. kumāsa (see 19, 7).
15. 5. maccheraṃ. vasānuvattanī.
7. upavasissaṃ. avasām' imaṃ.
16. 2. varacāru anumadassane. kasmā nu kāyā.
3. yam āha nuttarā.
4. acāridha.
5. parivutā sakkatvā c'asi.
10. visesiya.
11. amatarasamhi.
17. 1. G. otataṃ.
2. kammunā.

G. Tuvaṃ sirajjhūpagatā.
17. 3. târakânam.
4. Brahmam.
5. Kuto cutâya idha âgacchititava.
Title kosakāri-vim°.
18. 5. parapesiya (see J. 3, 413).
6. G. bhijjati M. saṇṭhanaṃ.
7. agahano.
8. raññamhi.
9. bhaggaro bhimmo. ca saṃsiyo (see 50, 24).
10. vilāmokkhā ca. Sucimhitā (all as in 50, 25).
11. Suphassā, Mudukācari (but see 50, 26.
19. 7. sañcaramānānaṃ kumâsam (and so at 14, 6=42, 5.
10. upavāsissaṃ, and so G. at 52, 24 (see 15, 6; 22, 6; 23, 6; 24, 7, &c.)
Second line omitted.
20. 5. G. sukitā.
35. 1. talaṃ for phalaṃ.
4. yodhika-bandhuka-
5. saḷala-
6. talajā.
7. G. alāra pakhu meti. M. ḷārapamho ti.
11. abbhukiriṃ.
Title Pesavati.
36. 1. G. M. pītavatto (but see 38, 1).
M. apiḷandhā and so 38, 4; 44, 4.
2. kākamba. On Kayura (G.M. u, notū). comp. C. v. 2, 1; J. 3, 437.
3. lohitaṅgamayā, sahalohitaṅgā. turiyam=38, 4; 39, 1; 44, 4; 50, 5.
4. cittito rucira (see 40, 2), vaṇṇehi (G. vaṇṇabhi).
6. G. yatiṭṭhitā bhā sasimaṃ padesam.
7. maṇi-sovaṇṇa-cittitaṃ.
sacchannaṃ, G. abhiropayiṃ (but ā at 31, 3).
8. G. M. sampamodam (see 38, 9; 39, 8).
37. 1. purakkhitā.
2. pavīsanti.
7. G. sīlena saṃvutā.
10. mālābharati.
12. G. yañ ca mal°.
38. 1. gandhamānā.
4. piḷandhanā (see 36, 1) tūriye.
5. sampakampikā (but °tā at 44, 5).
6. tassā te sirasmiṃ (but yā pi te at 44, 6).
mañjūsako=39, 4; 50, 6.

38 . 7. mānusaṃ=39, 5; 44, 7; 50, 7.

Uddānaṃ (M. udānaṃ) Uḷāro, pallanko.
Dadaḷha-possa-mallikā.

---

39 . 1. mañjaṭṭhake, santate.
2. ratanaṃmayā.
5. phalan ti=44, 7; 48, 3.
6. ayyira.
Title mañjaṭṭhaka.

40 . 1. vattha-vasano, rucigatte.
2. G. mahaggo.
3. sucarita-bhadde (and arranges the remaining words as one sloka).
5. memanulāpo (and transfers bhante to to the next pada).

41 . 1. alaṅkata-maṇi-kañcan°.
citaṃ.
vehā yasantalikkho (see 44, 6).
2. acchohikā (=M. P. S. iv. 26, 30 but odakā at 44, 11), G. gaṇa.
M. pabhijjare.
4. vittābaṃ
5. niccutaṃ.
nirodha sassataṃ-vijāniyaṃ.
6. Uppannā tidasa-gaṇa.

42 . 5. omits ca.
Title. G. Āloma.

43 . 5. kañcikaṃ (=43, 7), G. dūpitaṃ.
6. lasukena.
lāmañcakena.
7. kareyya.
nagghati (=8, 9, 10.)
10. catunnam api.

44 . 6. sirasmiṃ.
9. G. vimānaṃ abhhetam (=16).
M. vehāyasaṃ (see 41, 1).
11. G. putho m santata.
14. ma.
G. citto (and at 19, 20. Comp. 41, 4).
21. pasaṭṭhā (but comp. Ratanasutta 6) etāni (and so Childers).
22, 23.=Saṃyutta xi. 2, 5, 4, and above 34, 24.
24. G. nara viriya.
26. etādisaṃ yañaṃ.

45 . 5. nagara-vare.
paṇṇa (and so at 12, 19, 26).
26. G. samaṇassa.
M. kuḷāni.

46 . 2. nicca.
3. omits kena—mahallako.

46. 7. ambehi chādayitvāna.
8. jalitvā.
47. 4. kosaṇṭakī.
kattikā.
5. na taggamanasā.
7. sahabyam.
13. bahūnam.
48. 1. pathaviṃ.
2. dhārini (but āveḷine).
3. saṃyamaṃ.
4. idha te.
G. gāme & ucchurasam.
5. G. ca for pana.
6. tuyhaṃ nvidam.
mamaṃ.
7, 9. paricārayām.
11. pucchisaṃ
49. 5. pasādayaṃ
Title vanda-vimānaṃ
50. 4. pilandhanā (Comp. 36, 1; 38, 4).
9. tajjanāya ca uggatā, gahitvā.
agañchi udahāriyā.
10. upāgamaṃ,
kvattho si.
11. āsumbhitvāna.
12. G. addasāsiṃ.
14. G. nibbāṇam.
M. yādisa.
15. G. abhahigata.
M. abahiggata.
16. guham assito.
odumbaraṃ.
17. maṃ voca = 19.
18. nelaṃ
20. dukkhanirodho maggo ca.

50. 22. avaṭhitā: G. avatthitā.
23. madhu-maddavaṃ.
24. bhaggaro bhimmo (see 18, 9).
25. vilāmokkhā.
Sucimhitā (see 18, 10).
26. Missākesī.
Eniphassa Suphassā ca Sam baddhā Muducācari (see 18, 11).

Uddānaṃ (m Udānaṃ) Mañjaṭṭhā, aloma, rajjumāli.

---

51. 1. maṇḍuko.
4. acalaṃ ṭhānaṃ.
52. 2. paṭigaṇhanti.
3. apāruta-dvāre.
4. Revataṃ.
6, 8. G. sārānulitta.
M. saggapatto.
9. G. nandikassa.
10. macchari = 19.
11. G. atidisati.
12. G. nāma nirayo.
19. G. M. me evaṃ.
M. sevyaṃ.
23. See 15, 6; 19, 9, &c.
53. 1, Valavira.
2, 3, quoted Sumaṅgala p. 280.
2. G. aneñjam m appaṭikulaṃ.
4. nabhe G. nābhāsanti na pusso yathā atulam

imaṃ mahāppabhāsaṃ. M. tidivāmahi upāgā.

53. 5. M. omits ca and ce.
6. nekacittaṃ.
7. aggalupiyaṅgucand° G. gahaṇaṃ.
8. naranāri.
bharaṇetta.
• tapaniya-vitatā suvaṇṇa-channā.
9. kissa saṃyamassa. omits ca te. tadanupadaṃ avacāsi.
10. sayam idha patho. omits iti.
12. carassu asuciṃ ‖ na hi pāṇesu asaññataṃ ‖ avaṇṇayiṃsu sappaññā.
avocaham (throughout).
13. mamaññitho adinnaṃ
14. parabhariyā agamānarīyam etaṃ.
15. abhāṇim.
16. peti.
17. G. karitvā pañca sikkhāni.
G. dvepataṃ.
M. vadhiṃsu.
18. añño.
19. G. iva sasā M. samokkhamānā babūkāmaṃ, hinnakāmā.
20. G. tato.
21. M. appam pi kataṃ.
phalaṃ in place of hoti.
53. 22. omits te before mayaṃ, viharemu.
23. bahukāro, ca satthā, upagatamhi, suṇemu.
24. Yedhappajahanti. rāgānusayaṃ pahaya, na te punam apenti.
54. 1. Veluriyathambā rucirattatā (and so 67, 1; 77, 1).
2. G. ca avadanti for pavadanti (see 72, 2).
4, 3. G. devi mahānubhāva . . . pe . . idaṃ phalaṃ.
Title Kakkaṭaka-vimānaṃ catutthaṃ.
55. omits Itaram . . . . vitthāretabbam, and repeats the whole of 54 in each of the cases 55–59.
6. G. thassati.
Title M. dvārapāla-vimānaṃ.
58. Suci (twice and in title).
60. 2. M. acchodikā.
61. 1. G. vanānaṃ anupariyasi.
M. purakkhito.
6. G. abhāsiṃ.
62. 2. adu and at 68, 1.
3. n'amhi for nāpi.
G. te for ye.

63. 1. G. olumbha.
3. migavadhañcanādakkhiṃ.
ṭhitu ti.
4. adūrāgatam.
5. santalasmiṃ.
7. Kena tvam vane viharasi.
G. isīnisabha M. omits tava.
G. atthaṃ.
9. ārate.
11. kiñ ca.
12. na vijjate so padeso.
14. Veṇḍaputtā.
vikantapihārino.
16. parivattanti.
vijjāya te.
20. bhaja for vaja.
22. tatthāsi for satthāpi.
23. gaccho.
27. G. vanukkamaṃ, & tavāyaṃ & yojanasataṃ.
28. M. otthato for otato.
G. muttamaṇīhi vicittito (see 64, 3).
29. G. veluriya-nimmittaṃ.
G. suttā.
32. G. hohīti.
33. M. samuyyuko.
34. purakkhita (amounts to).

64. 2. pannaraso.
3. jalāvatato. G. vicittito (see 63, 28).
4. nabhyo (twice).
G. manasāhi nimmitā.
G. iva pabhāsare.

64. 5. cittavata to (see 64, 3).
G. vapavāditam (but comp. 9).
6. M. cittamaṇicandak°.
veḷuriyarājiva.
7. ime ca vāḷi maṇīcandak°.
G. arohakambū.
M. sabbare for simsare.
8. sabbare (see 7).
9. vagganti.
cambare.
G. dhūnanti.
G. abhhuddhanattā
M. piḷandhane.
G. pilandane.
10. G. apilandanāni M. apiḷandhanānaca (*sic*), abhihisanāya ca.
suvaggaṃ.
pavane for savane.
11. miga-manda-locanā.
G. vitatā.
M. sūra.
12. Tā rattā ratt°.
thanopapanno.
13. Tā kambukā.
suvāsasā.
G. ūruthanopapanno.
M. ūruthanupapannā.
sumukhā.
15. G. āveluniyo (but see 48, 2).

M. ropitā for vositā (and in 16).

64 . 16. ropitā.

17. te for tava, piḷandhanāni (omit ca), sabhaso.

bhaṇumā.

18. apiḷandhanāni ca (see 36, 1), sutaggarūpaṃ.

19. bhūmyā ca dubandhato.

turiyāni ca saro.

G. vīṇā.

M. pokkhara-bāhusi (G. bāhūhi).

20. G. manuññā rupa suhada yeri tampitam.

M. pitiṃ for pi taṃ (as in 22).

21. yadā ca.

G. imāni.

M. dubhato varitthiyo.

22. G. mahiya manova vajira vudhori va.

M. vājirāvudho viya.

pitiṃ.

23. G. uposathā.

M. vatamābhirocasim.

24. sā ve yidaṃ appakatassa.

27. G. jīvitindriyam.

28. G. tam disvā.

29. G. patiṭṭhapesi asaṃga-

30. dvipad°.

64 . 31. niraggaḷam, G. omits haṃ.

M. indassamo.

33. samo ca vijjati.

G. esikāuan.

Uddanaṃ (M. udānaṃ).

maṇḍuko.

G. kakkaṭako.

M. paṭhamo vaggo pavuccatīti.

67 . 1. G. thūnaṃ. M. thuṇam (and so both always).

ruciratthatā (see 54, 1).

2. tidasacarā (see 72, 2).

5. ujjugatesu, sampa for sohi, saggagato.

G. acchata va ti.

68 . 1. viggata (and at 69, 1).

Title G. adds dasavatthu.

69 . M. has simply pa.

70 . 1. sattasatā (see 77, 1).

4. akāsiṃ.

71 . 5. tassa adāsahaṃ bhāgaṃ.

kumāsa-piṇḍaṃ.

72 . 2. tidasacarā (see 67, 2).

74 . 1. yathacchasi.

Title Pāyāsi-vimānam (see 15).

Uddānaṃ (M. udānam).

G. phaladāsi.

G. bhikkayadāyī.

M. purisānaṃ dutiyo vaggo.

75. 4. abhāriṃ (and in 76, 4).
76. M. repeats the whole.
77. 1. sattasatā (see 70, 1), ruciratthatā (see 54, 1; 67, 1).
5. saṃkamanaṃ.
78. 1. kiṅkaṇika.
3. lohitaṅga (k at 81, 3).
4. G. vicitrā.
M. uddhaṃsati.
G. gopāṇase.
6. G.=M. daddaḷha—
G. ābhenti.
7. G. puttā.
pabhā.
M. bhaṇumā.
10. satthuno.
11. satthuno adasiṃ.
79. 5. G. patāpaṃ te.
M. divaṃkare (see 81, 20).
bhaṭako.
asiñcati.
6. āgamā.
G. bhikkhū.
7. G. avoca.
9. naro for theram, nhāpayi.
10. ca nhāpito.
G. parati.
11. M. upapannamhi.
12. ca vane.
. purakkhito (but a at 78, 12).
80. 3. G. disvā ca viṇā.
M. tidasācarā.
7. adāsi bhanteti (G. dadāpi).
8. G. kato ca kaṇho.
80. 9. M. adaṃsi, bhikkhu ca taṃ yāmaṃ
. muñcitvā anantakaṃ (G. anattakaṃ) ahāsi kumāsaṃ.
kālam katomhi.
12. paramhi.
anukampako for iko.
81. 2. G. idhaṃ.
4. M. santatā.
G. kūṭagāra.
5. G. me for te.
M. puthuloma-nisevitā.
vālukasantatā.
6. sacchannā (and at 9).
samohatā.
9. ramanti taṃ mahiddhikā.
10. G. paṇḍa vehica.
12. G. deva putta.
M. bhāṇumā.
15. G. ahaṃ for ahuṃ, M. kaṇṭhako (and in title).
16. —rattāya.
G. sambodhāya.
M. so 'ham muduki pāṇibī.
17. c'abravi.
18. abhisisi.
20. divaṃkare (and at 79, 5), so apakkami.
21. parilehisaṃ maṃ.
udikkhisaṃ.
22. —puttassa sirīmato.
alattha.

81 . 23. āvasām' idaṃ.
24. G. suddhaṃ sutvāna.
25. naṃ for taṃ.
28. G. tatthe vantara dhayit āti.

82 . 1. M. accharāgaṇena.
2. [illegible]ssamo.
kuto uttari.
sabbe devā tidasagaṇā.
sasī.
6. aham bhadante.
hasmi for ham asmi (G. asmiṃ).
pabbajiss' ahaṃ.
7. sohaṃ.
8. omits pana.
kirasaggam.
9. sukhañ ca dibbaṃ anubhomi attanā.
khayam pi ajjhagan te.

83 . 1. mattha (see title), bāham.
3. ācikkhatha me bhadda.
paṭipādayāmi.
5. patthayase.
omits hi.
8. osiñci.
9, 10. G. abbulhaṃ.
11. M. adu.
12. G. ā halane.
dahitvā.
M. gato ti for patto ti.
13. naddasāmi dānaṃ.
dentassa.
ca for vā.
15. gato for patto (see 12) and inserts the verse in brackets, which is not in G.

83 . 18. manāti.
19. upemi saranaṃ buddhaṃ.
Title mattha (see 83, 1).

84 . 1. G. omits second ca.
M. itritarena.
2. Payāsi (but pā at 74, 4).
G. omits va.
3. G. saṅke araññe.
M. vaṇṇapathassa (and 9, 11).
4. bhikkho.
6. kim āsamāna imaṃ.
7. G. aropiyaṃ papaniyaṃ.
M. āropayissaṃ paṇiyaṃ.
pahuttam.
G. yamase sindu se cira (see 37).
uddaya.
8. G. omits first two padas.
divā samekkhamānā.
M. puts ti at the end of 3rd pada.
9. G. andhā kulā vippanattha (see 44).
10. G. jīvitam āsiṅsanā (see 6).
11. G. M. vaṇṇam (see 3, 9, 21).
G. vettaṃ paraṃ (but see J. 3, 541).

84 . 12. G. M. pakkhandiyāna.

14. pahutta (see 7) surabhiṃ (and so at 81, 6).

15. silā pavāḷassa, lohitaṅgā.

G. joti raso.

16. sahassathambhaṃ.

ratanantaraṃ.

17. G. jambānaduttattam.

M. sopāṇa (as at 78, 5).

18. ratanantarasmiṃ (see 16).

murajja.

G. M. ālambara.

19. G. acinta yo sabba guṇūpa panno.

M. naḷiñaṃ.

20. uda vā 'si (see 83, 11)

G. vāṇijā (see 22, 24).

21. G. vaṇṇupathasmiṃ.

M. vaṇṇapathamhi (see 8, 9, 11).

vacanaṃ karo.

22. G. pariṇāma jante.

vāṇijā.

24. M. vimānan ti (and at 28).

25. mamaṃ Payāsīti ahuṃ.

kārayi.

26. asi (but see 20), abhasi.

27. omits tassa.

28, 30, 31. adds ti.

84 . 32. G. Ime siri su pavanā tātā dibbā gandhā surabhippavanti.

M. surabhiṃ sampavanti (see 81, 6; 84, 14).

G. nihantvā.

33. G. M. sipāṭikā (see M. vi. 7; C. v. 11, 2).

34. M. dissānahaṃ.

vimāne.

samucchitosmiti.

35. G. ye ce kho itaraṃ.

M. soceyyaparitta.

36. G. tumhava tātā.

M. tumhe ca kho tāta.

M. sotthiṃ.

37. M. Sindhusuvira (and so at 51, but sovira at verse 7).

G. uddayaṃ.

M. Serisa (see 58).

40. M. pesuṇa.

42. pītūnaṃ (first time).

G. poṇe M. pono.

43. sukkata.

44. karaṇā, tasmā dhammaṃ passatha.

bhasmaṃ, G. addhā kulā (see 9).

45. M. omits yassa.

46. Santava.

kocchaphalūpajīvi.

G. koccha bhandūpa jīvi.

M. pesiyo so.

84 . 47. M. janāma yaṃ tvaṃ pavadesi.
naṃ kho na.
G. se yedi soti.
48. M. sattho for sabbe.
ālabhantu.
G. puññānaṃ.
49. M. G. purakkhitva.
G. alambimsu.
M. ālabhiṃsu.
50. M. paṭivedayiṃsu (and 51).
52. M. gantvā.
Sindhusuvira (see 84, 7, 87).
G. udayaṃ pattha yānā.
53. G. sagharaṃ.
M. saṃghara.
M. Serīsa see 37)
Serisakaṃ pariveṇa (G. parivena).
84 . 54. G. sappurisanaṃ.
M. mahatthikā.
G. guṇānaṃ.
Title M. Serisaka.
85 . 6. M. māla.
Uddānaṃ (M. Udānaṃ)
G. daliddi.
M. vana-vihārā.
G. vihārasāka.
M. bhaṭako.
G. gopalakakaṇṭhako.
M. Serīsako.
M. tatiyo vaggo.

www.ingramcontent.com/pod-product-compliance
Lightning Source LLC
Chambersburg PA
CBHW032104010726
47493CB00008B/2518